ro
ro
ro.

Rosamunde Pilcher

Sommerwind

Erzählungen

Deutsch von Dorothee Asendorf
und Margarethe Längsfeld

Mit Illustrationen von
Annika Meier

Rowohlt Taschenbuch Verlag

Veröffentlicht im Rowohlt Taschenbuch Verlag,
Reinbek bei Hamburg, Juli 2007
Copyright © 2007 by Rowohlt Verlag GmbH,
Reinbek bei Hamburg
«Der Baum»/«Gilbert» aus: DAS BLAUE ZIMMER,
übersetzt von Margarethe Längsfeld
«Das blaue Zimmer» Copyright © 1994 by
Rowohlt Verlag GmbH, Reinbek bei Hamburg
«The Blue Bedroom» Copyright © 1985 by
Rosamunde Pilcher
«Liebe im Spiel» aus: BLUMEN IM REGEN,
übersetzt von Dorothee Asendorf
«Blumen im Regen» Copyright © 1992 by
Rowohlt Verlag GmbH, Reinbek bei Hamburg
«Flowers in the Rain» Copyright © 1991 by
Rosamunde Pilcher
Umschlaggestaltung any.way, Barbara Hanke
(Umschlagillustration und Illustrationen
im Innenteil: Annika Meier)
Lithographien der Abbildungen
Digital + Grafik Werkstatt Susanne Kreher GmbH
Satz Fairfield LH Medium 55 PostScript, InDesign
bei KCS GmbH, Buchholz bei Hamburg
Druck und Bindung Clausen & Bosse, Leck
Printed in Germany
ISBN 978 3 499 24502 2

Liebe im Spiel

Das hier war also der richtige Beginn ihres gemeinsamen Lebens. Die Flitterwochen waren vorüber und vorbei. An diesem Morgen war Julian wieder zur Arbeit in sein Londoner Büro gegangen und befand sich jetzt auf dem Heimweg nach Putney.

Wie ein langgedienter Ehemann kramte er in seiner Tasche nach dem Hausschlüssel, aber Amanda machte die Tür auf, ehe er dazu kam, ihn ins Schlüsselloch zu stecken; doch was jetzt passierte, übertraf alles: Er betrat sein eigenes Haus, machte seine eigene Haustür hinter sich zu und nahm seine eigene Frau in die Arme.

Als sie wieder Luft bekam, sagte sie: «Du hast noch nicht mal den Mantel ausgezogen.»

«Keine Zeit.»

Aus der Küche kam ein köstlicher Duft. Über ihre Schulter hinweg sah er den gedeckten Tisch in der kleinen Diele, die ihnen als Speisekammer diente. Die Gläser und Sets und das silberne Besteck, das sie von seiner Mutter zur Hochzeit bekommen hatten, schimmerten im sanften Licht.

«Aber Schatz ...»

Er spürte Amandas Rippen, ihre schmale Taille, die

Rundung ihres properen verlängerten Rückens. Er sagte: «Sei still. Merkst du denn nicht, dass ich nur Zeit fürs Wesentliche habe ...»

Am nächsten Morgen klingelte Julians Bürotelefon. Tommy Benham. «Schön, dass du wieder im Lande bist, Julian. Was ist mit Samstag in Wentworth? Ich habe mich schon mit Roger und Martin abgesprochen, um zehn soll's losgehen.»

Julian antwortete nicht gleich.

Amanda war sich im Klaren über Tommy und Golf. Vor ihrer Verlobung und danach hatte sie die Tatsache, dass die Samstage und manchmal auch die Sonntage dem Golfspiel gehörten, mit Gleichmut hingenommen. Aber dieser Samstag war der erste ihres gemeinsamen Lebens, und vielleicht wollte sie den mit ihm verbringen.

«Ich ... ich weiß nicht recht, Tommy.»

Tommy war entrüstet. «Was soll das heißen, du weißt nicht recht? Du kannst doch deinen Lebensstil nicht einfach ändern, bloß weil du eine Frau hast! Außerdem hat's ihr früher nichts ausgemacht, warum also jetzt?»

Ein gutes Argument. «Vielleicht sollte ich ein Wort mit ...»

«Wer nicht diskutiert, kriegt auch keinen Streit. Stell sie vor die vollendete Tatsache. Kannst du um zehn da sein?»

«Ja, natürlich, aber ... »

«Schön, wir erwarten dich. Wiedersehen.»

Und Tommy legte auf.

An diesem Abend machte Julian auf dem Heimweg halt und kaufte seiner Frau Blumen.

‹Die werden ihr gefallen›, dachte er und war sehr zufrieden.

‹Sie riecht den Braten, sowie sie die sieht›, höhnte eine innere Stimme. ‹Sie muss annehmen, dass du mit einer von den Tippsen geflirtet hast.›

‹Lachhaft. Sie weiß, dass ich am Wochenende immer Golf spiele. Und Tommy hat recht. Stell sie vor vollendete Tatsachen. Heiraten bedeutet nicht, dass man seinen Lebensstil ändert. Kompromisse, ja, aber keine völlige Umstellung der Gewohnheiten.›

‹Wer muss denn hier Kompromisse machen?›, höhnte die Stimme. ‹Sie oder du?›

Darauf gab Julian keine Antwort.

Am Ende war er vollkommen ehrlich. Er fand eine verdreckte Amanda im Garten, der das blonde Haar ins Gesicht fiel.

Julian zauberte die Blumen mit dem Schwung des erfolgreichen Zauberkünstlers hinter dem Rücken hervor. «Die hab ich dir mitgebracht», sagte er, «weil ich mir so gemein vorkomme. Tommy hat heute Morgen angerufen, und ich habe ihm versprochen, dass ich Samstag mit ihm Golf spiele, und seitdem habe ich ein schlechtes Gewissen.»

Sie hatte das Gesicht in die Blüten gesteckt. Jetzt blickte sie erstaunt auf und lachte. «Aber warum denn, Schatz?»

«Macht es dir nichts aus?»

«Also, das erste Mal ist es nun wirklich nicht!»

Oh, wie er sie liebte. Er nahm sie in die Arme und küsste sie leidenschaftlich.

Samstag war herrliches Wetter. Die Sonne strahlte nur so auf Wentworth herunter, und die Fairways erstreckten sich einladend samtig vor ihnen. An solch einem Tag konnte Julian, der mit Tommy zusammen spielte, überhaupt keinen Fehler machen.

Auf der Heimfahrt hatte er den Kopf voller netter, großherziger Gedanken. Er fand, er sollte Amanda zum Essen ausführen, aber als er aus dem Auto stieg, da hatte sie schon ihre Spezial-Moussaka gemacht, also öffnete er eine Flasche Wein, und sie aßen zu Haus.

Amanda trug den kanariengelben Kaftan, den er ihr in den Flitterwochen in New York gekauft hatte, und das Haar fiel ihr wie ein heller seidiger Vorhang auf die Schultern.

Sie sagte: «Soll ich uns Kaffee machen?»

Er streckte die Hand aus und berührte die Spitzen dieser blonden Haare. «Später.»

Am nächsten Samstag spielte er wieder Golf und am übernächsten auch. Das darauffolgende Wochenende wechselten sie zu Sonntag über, aber die Umstellung nahm er leichten Herzens in Kauf.

«Ist nichts mit Samstag», sagte er zu Amanda, als er heimkam. «Stattdessen spielen wir Sonntag.»

«Sonntag?»

«Ja.» Er schenkte ihnen Drinks ein und ließ sich mit der Abendzeitung in den Sessel fallen.

«Warum Sonntag?»

Er war so vertieft in die Aktiennotierungen, dass ihm ein gewisser Tonfall in ihrer Stimme entging.

«Hmm? Ach, Tommy kann Samstag nicht.»

«Ich habe aber für Sonntag bei meinen Eltern zugesagt.»

«Was?» Sie hörte sich überhaupt nicht böse an, sondern nur höflich. «Oh, tut mir leid. Aber die verstehen das schon. Ruf sie an und sag, wir kommen an einem anderen Wochenende.» Er kehrte zu seinen Aktiennotierungen zurück, und Amanda sagte nichts mehr.

Der Sonntag war ein Reinfall. Es regnete ununterbrochen, Tommy hatte einen Kater vom vorherigen Abend, und Julian spielte so schlecht, dass er schon dem Spiel für immer abschwören, seine Golfschläger verkaufen und eine andere Sportart aufnehmen wollte. Finster und übellaunig kehrte er nach Haus zurück, und seine Laune besserte sich auch nicht, als er das Haus leer vorfand.

Ziellos wanderte er durch die Zimmer und ging schließlich nach oben und badete. Als er in der Wanne saß, kam Amanda heim.

«Wo bist du gewesen?» wollte er zornig wissen.

«Zu Hause. Ich hab doch gesagt, ich will meine Eltern besuchen.»

11

«Wie bist du hingekommen? Ich meine, wo ich das Auto hatte.»

«Hin mit dem Zug, und zurück hat mich jemand netterweise mitgenommen.»

«Ich wusste nicht, wo du bist.»

«Na schön, dann weißt du's jetzt, oder?» Sie gab ihm einen lahmen Kuss. «Und erzähl mir bloß nicht, wie dein Tag war, ich weiß es nämlich. Grässlich.»

Er war entrüstet. «Woher willst du das wissen?»

«Weil ich ohne ein Leuchten in deinen Augen, ohne Schweifwedeln empfangen werde.»

«Was gibt's zum Abendessen?»

«Rührei.»

«Rührei? Ich bin am Verhungern. Ich hatte zu Mittag nur ein Sandwich.»

«Ich meinerseits hatte ein richtiges Mittagessen und bin überhaupt nicht hungrig. Rührei», sagte sie und machte die Tür hinter sich zu.

Das war dann wohl ihr erster Ehekrach. Kein richtiger Krach, sondern nur Kälte zwischen ihnen. Aber es reichte, dass er sich scheußlich fühlte, und am nächsten Tag kaufte er auf dem Heimweg wieder einmal Blumen, und sie liebten sich, kaum dass er nach Haus gekommen war, und später ging er mit ihr essen.

Danach war alles wieder gut. Als Tommy anrief und sich zum nächsten Spiel für Samstag verabredete, stimmte Julian freudig zu.

An diesem Abend hockte Amanda oben auf einer Trittleiter im Badezimmer, wo sie die Decke weiß tünchte.

«Um Himmels willen, sei vorsichtig.»

«Bin ich auch.» Sie beugte sich herunter, damit er ihr einen Kuss geben konnte. «Findest du nicht, dass es so besser aussieht?» Beide musterten die Decke. «Und dann streiche ich die Wände, glaube ich, hellgelb, damit sie zur Badewanne passen, und dazu könnten wir einen grünen Badevorleger kaufen.»

«Einen Badevorleger?»

«Was klingst du so entgeistert? Wir können ja einen billigen nehmen. In der High Street gibt es ein Sonderangebot, lass uns Samstag hingehen und es ansehen.»

Sie machte sich wieder an die Arbeit. Eine lange Pause. Julian fühlte sich in die Enge getrieben und versuchte, die Situation im Griff zu behalten.

Ruhig sagte er: «Samstag kann ich nicht. Ich spiele Golf.»

«Ich dachte, du spielst jetzt sonntags Golf.»

«Nein. Nur letzte Woche.»

Eine weitere Pause. Amanda sagte: «Ach so.»

An diesem Abend redete sie kaum noch mit ihm. Und wenn, dann ganz höflich. Nach dem Abendessen gingen sie ins Wohnzimmer, und sie schaltete den Fernseher ein. Er schaltete ihn aus und sagte: «Amanda.»

«Ich möchte das sehen.»

«Das geht nicht, weil wir jetzt miteinander reden.»

«Ich will aber nicht.»

13

«Na schön, dann rede eben ich allein. Ich bin nun mal kein Ehemann, der samstags morgens mit seiner Ehefrau einkaufen geht und sonntags nachmittags den Rasen mäht. Ist das ganz klar?»

«Das heißt also, dass ich einkaufen und den Rasen mähen muss.»

«Das kannst du halten, wie du willst. Wir sehen uns jeden Tag ...»

«Was glaubst du, was ich tue, wenn du den ganzen Tag über im Büro bist?»

«Du brauchst gar nichts zu tun. Du hast einen tollen Job gehabt, aber den hast du aufgegeben, weil du unbedingt Hausfrau sein wolltest.»

«Na und? Heißt das etwa, dass ich den Rest meines Lebens allein verbringen und meine Pläne deinem blöden Golfspiel unterordnen muss?»

«Was willst du dagegen machen?»

«Es ist mir egal, was ich mache – Hauptsache, ich muss es nicht allein machen. Kapierst du das? Ich will es nicht allein machen!»

Dieses Mal war es ein richtiger Krach, ein bitterböser Krach. Morgens klaffte immer noch eine Kluft zwischen ihnen. Er küsste sie zum Abschied, aber sie wandte den Kopf ab, und er ging wütend zur Arbeit.

Der Tag zog und zog sich dahin, ein frustrierender Arbeitstag, an dem ihn alles reizte und nervte. Als er zu Ende ging, spürte Julian, dass er mit einem ruhigen und verständnisvollen Menschen reden musste. Einem alten und weisen Menschen, der ihm Rückhalt geben konnte.

Es gab nur einen Menschen, der dafür in Frage kam, und Julian machte sich auf den Weg zu ihm. Zu seiner Patentante.

«Julian», sagte sie. «Was für eine nette Überraschung. Komm rein.»

Er sah sie liebevoll an. Sie war hoch in den Sechzigern, aber so hübsch und lebendig wie eh und je. Sie war eine Freundin seiner Mutter und nicht verwandt mit ihm, aber er hatte sie immer Tante Nora genannt. Nora Stockforth.

Er erzählte ihr alles. Von den Flitterwochen in New York, von dem neuen Haus.

«Und wie geht es Amanda?»

«Gut.»

Tante Nora schenkte ihm noch einmal das Glas voll. Dann setzte sie sich wieder, blickte auf, und ihre Blicke trafen sich. Sie sagte sanft. «Das hört sich nicht danach an, als ginge es ihr gut.»

«Tut es aber. Bloß dass sie ...»

Und dann platzte er mit allem heraus. Er erzählte ihr von Tommy und dem wöchentlichen Golfspiel. Er erzählte ihr, dass Amanda immer Bescheid gewusst und es ihr nie etwas ausgemacht hätte. «Aber jetzt ...»

«Jetzt macht es ihr etwas aus.»

«Einfach lachhaft. Ein einziger Tag in der Woche.

Und sie will gar nichts Besonderes machen, sie will es nur nicht allein machen.»

Tante Nora sagte: «Hoffentlich bittest du mich nicht, dazu Stellung zu nehmen.»

Julian runzelte die Stirn. «Was meinst du damit?»

«Ich denke nicht im Traum daran, Partei zu ergreifen. Aber ich finde es richtig, dass du zu mir gekommen bist und mit mir geredet hast. Manchmal hilft allein das schon, damit man nicht überreagiert.»

«Und du glaubst, das ist bei mir der Fall?»

«Nein, ganz und gar nicht. Aber ich glaube, du musst einen längeren Atem haben. Eine Ehe ist für mich immer wie ein neugeborenes Kind. Die ersten zwei Jahre muss man es hätscheln und liebhaben und ihm Sicherheit geben. Im Augenblick habt ihr beiden, du und Amanda, an nichts weiter zu denken als an euch. Das ist die Zeit, in der man sein gemeinsames Leben gestaltet, damit man in schlechten Zeiten – und die kommen bestimmt – etwas hat, an das man sich erinnern kann, was die Ehe zusammenhält.»

«Dann findest du mich also selbstsüchtig?»

«Ich habe doch schon gesagt, dass ich nicht Stellung nehme.»

«Du findest also, sie beschwert sich zu Recht?»

Tante Nora lachte. «Ich finde, solange sie sich noch beschwert, brauchst du dir keine Sorgen zu machen. Erst wenn sie's nicht mehr tut, steht dir Ärger ins Haus.»

Er stellte sein Glas hin. «Was für Ärger denn?»

18

«Darauf musst du selber kommen. Und jetzt solltest du lieber gehen, sonst denkt Amanda noch, es ist ein schrecklicher Unfall passiert.» Sie standen auf. «Besuch mich mal wieder, Julian. Und bring nächstes Mal Amanda mit.»

Er war immer noch nachdenklich, als er nach Haus kam. Amanda machte die Tür auf, ehe er überhaupt Zeit hatte, nach seinen Schlüsseln zu kramen, und da standen sie und blickten sich mit ernster Miene an.

Dann lächelte sie. «Hallo.»

Alles war gut. «Schätzchen.» Er trat ins Haus und küsste sie. «Es tut mir so leid.»

«Ach, Julian, mir tut's auch so leid. Hast du einen schönen Tag gehabt?»

«Nein – aber jetzt ist alles wieder gut. Ich komme so spät, weil ich auf dem Nachhauseweg Tante Nora besucht habe. Sie lässt natürlich schön grüßen.»

Später sagte Amanda ganz nebenbei: «Könnte ich morgen das Auto haben?»

«Ja, klar doch. Hast du was Besonderes vor?»

«Nein», sagte sie, ohne ihn anzusehen. «Es könnte nur sein, dass ich es brauche, mehr nicht.»

Er wartete, dass sie mehr erzählte, aber sie sagte nichts weiter. Wozu wollte sie das Auto haben? Vielleicht um mit einer Freundin in der Stadt Mittag zu essen.

Als er am nächsten Abend nach Haus kam, saß Amanda in ihren schicksten Sachen im Wohnzimmer vor dem Fernseher.

Er fragte: «Na, wie war's?», und wartete, dass sie ihm von ihrem Tag erzählte.

Aber sie sagte nur: «Schön.»

«Möchtest du einen Drink?»

«Nein danke.»

Sie schien so in das Programm vertieft, dass er in die Küche ging, um sich ein Bier zu holen. Als er den Kühlschrank aufmachte, fielen ihm auf einmal siedend heiß Tante Noras Worte ein: «Wenn sie sich nicht mehr beschwert, steht dir Ärger ins Haus.»

Offensichtlich hatte Amanda aufgehört, sich zu beschweren. Was war anders an ihr? Und wieso diese Aufmachung?

Er prüfte das Eis vorsichtig und fragte: «Was macht das Badezimmer?»

«Ich hatte heute keine Zeit dafür.»

«Willst du immer noch den Vorleger kaufen? Vielleicht könnte ich Tommy anrufen, dass er jemand anders bittet, Samstag mit ihm Golf zu spielen.»

Amanda lachte. «Ach, das macht doch nichts. Hat keinen Zweck, alles wieder umzuschmeißen.»

«Aber ...»

«Und überhaupt», unterbrach sie sein aufopferungsvolles Angebot, ohne überhaupt zuzuhören, «habe ich Samstag wahrscheinlich was vor.» Sie sah auf ihre Uhr. «Wann möchtest du essen?»

Er wollte nichts essen. Sein Magen war ein großes Loch, in dem ein furchtbarer Argwohn wühlte. Es machte ihr nichts mehr aus, wenn er sie samstags allein ließ. Sie hatte sich auf eigene Faust etwas vorgenommen ... Eine Verabredung? Ein Rendezvous?

Aber sie doch nicht ... nicht seine Amanda.

Und warum nicht? Sie war jung und attraktiv. Ehe sie Julian endlich erhörte, hatten die jungen Männer Schlange gestanden, um mit ihr auszugehen.

«Julian, ich habe dich gefragt, wann du essen möchtest?»

Er starrte sie an, als ob er sie noch nie im Leben gesehen hätte. Trotz des unerwarteten Kloßes in seinem Hals brachte er heraus: «Wann du willst.»

Es war lachhaft, aber er sehnte sich geradezu nach einer Erkältung, einer Grippe – was auch immer, Hauptsache, er hatte eine hieb- und stichfeste Ausrede, um Samstag nicht in Wentworth Golf spielen zu müssen. Aber Pech, ihm fehlte überhaupt nichts. Als er ging, lag Amanda noch im Bett, was ganz untypisch war.

Er spielte wie im Vollrausch. Schließlich hielt es Tommy nicht länger, und er fragte: «Ist was?»

«Hmm. Nein.»

«Du bist ganz weggetreten. Wir hinken nämlich sieben hinterher.»

Sie wurden natürlich haushoch geschlagen, was Tommy gar nicht gefiel. Noch viel weniger gefiel es ihm, als Julian keine zweite Runde spielen wollte und sagte, er führe jetzt nach Haus.

21

«Also ist doch was», sagte Tommy.

«Wieso sollte was sein?»

«Ich finde, du siehst schon aus wie ein richtiger Ehemann. Amanda macht doch nicht etwa Theater? Sieh zu, dass du die Oberhand behältst, Julian.»

‹Blöder Kerl›, dachte Julian, als er nach London zurückbrauste. ‹Was weiß der schon? Ich und wie ein Ehemann aussehen, dass ich nicht lache. Wie soll ich denn sonst aussehen, etwa wie Miss World?›

Aber als er schließlich in ihre schmale, baumbestandene Straße einbog, verpuffte sein aufgeputschter Heldenmut. Denn das Haus war leer.

Er sah auf seine Uhr. Vier. Was machte sie? Wo war sie? Sie hätte ihm ruhig einen Zettel hinlegen können, aber er fand keinen. Nur der Kühlschrank summte, und es roch nach Möbelpolitur.

Er dachte: ‹Sie kommt nicht wieder.› Allein schon bei dem Gedanken lief es ihm kalt den Rücken hinunter, und er zitterte. Keine Amanda mehr. Kein Lachen mehr, kein umgegrabener Garten mehr, kein Krach mehr. Aus, Schluss mit der Liebe.

Er hatte seine Golfschläger am Fuß der Treppe fallen lassen. Jetzt stieg er über sie hinweg und setzte sich auf die unterste Stufe, denn wohin hätte er sich sonst setzen sollen.

Er dachte zurück. Da war der Sonntag, an dem sie zum Mittagessen zu ihren Eltern gefahren war und nach Haus gebracht worden war … Wer hatte sie gebracht?

Julian hatte nicht fragen mögen, aber jetzt wusste er, es war Guy Hanthorpe gewesen.

Guy Hanthorpe, Amandas treuster Freund. Er kannte sie von Kindesbeinen an, denn beider Eltern wohnten auf dem Land und waren Nachbarn. Er war ein erfolgreicher Makler, und distinguiert obendrein. Julian, der untersetzt und dunkel war, hatte den hochgewachsenen blonden Guy von Anfang an nicht leiden können.

Und da hockte er immer noch auf der untersten Treppenstufe, es dämmerte schon, und er rauchte sich dumm und dämlich und dachte sich die herzbeklemmendsten Dinge aus, als er ein Auto auf der Straße kommen hörte.

Es hielt vor dem Haus, Türen gingen auf und zu, und dann hörte er Stimmen und Schritte auf dem Gartenweg.

Er kam hoch und riss die Tür auf.

Amanda. Und Guy.

«Schatz, du bist schon da!» Amanda staunte. Julian sagte kein Wort. Er stand einfach da und blickte Guy an und merkte, dass ihm die Wut den Brustkasten wie mit einem Schraubstock zusammenpresste. Am liebsten wäre er auf Guy losgegangen; er sah sich schon zuschlagen wie in einem Actionfilm, in Zeitlupe. Er sah seine Hand hochschnellen und in Guys freundliches Gesicht schmettern. Sah, wie Guy zu Boden ging, besinnungslos zusammenbrach und im Fall mit dem Kopf aufschlug; wie er bewusstlos auf dem Pflas-

ter lag und Blut aus seinem Mund, aus der grässlichen Kopfwunde rann ...

«Hallo, Julian», sagte Guy, und Julian zwinkerte und staunte, weil er Guy am Ende doch nicht zusammengeschlagen hatte.

«Wo bist du gewesen?» fragte er Amanda.

«Bei meiner Mutter. Und Guy besuchte seine Mutter, und da hat er mich nach Haus gebracht.» Julian sagte nichts.

Gereizt fuhr Amanda fort: «Dürften wir wohl reinkommen? Es ist ziemlich kühl, und es fängt an zu nieseln.»

«Ja. Ja, natürlich.»

Er trat beiseite, aber Guy sagte: «Lieber nicht, danke.» Er sah auf seine Uhr. «Ich esse heute Abend auswärts, da wird es Zeit, dass ich nach Haus komme und mich umziehe. Ich verabschiede mich also lieber. Wiedersehen, Amanda.» Er gab ihr ein Küsschen auf die Wange, winkte Julian zu und lief mit langen Schritten den Weg hinunter.

Amanda rief ihm nach: «Auf Wiedersehen, und vielen Dank fürs Mitnehmen.»

Sie stand in der Diele und sah den Beutel mit den Golfschlägern am Fuß der Treppe. Die nicht zugezogenen Vorhänge. Und Julian.

Sie sagte: «Ist was?»

«Nein, nichts», gab er etwas bissig zurück. «Nichts. Nur dass ich dachte, du kommst nie wieder.»

«Nie wieder ...? Bist du nicht ganz bei Trost?»

«Ich dachte, du wärst mit Guy zusammen.»

«War ich auch.»

«Ich meine, den ganzen Tag.»

Sie lachte, hörte aber jäh auf. «Julian, ich hab's dir doch gesagt. Ich bin bei meiner Mutter gewesen.»

«Das hast du mir heute Morgen nicht gesagt. Und wo warst du an dem Tag, als ich nach Haus gekommen bin und du ganz aufgedonnert warst und nach Parfüm gestunken hast?»

«Wenn du so bist, sage ich gar nichts.»

«Und ob du was sagst!», brüllte er.

Danach herrschte schreckliche Stille. Dann sagte Amanda sehr ruhig: «Ich habe das Gefühl, wir sollten beide tief Luft holen und noch einmal von vorn anfangen.»

Julian holte tief Luft. «In Ordnung», sagte er. «Du fängst an.»

Sie sagte: «Damals bin ich für einen Tag nach Haus gefahren. Ich habe das Auto gebraucht, weil ich zum Arzt wollte. Mein Krankenschein liegt noch immer bei unserem Hausarzt, und in London habe ich noch keinen Arzt. Ich habe mich aufgedonnert, weil ich die dreckigen Malerklamotten satthatte und weil meine Mutter es mag, wenn ich mich chic mache. Und heute bin ich hin, weil ich noch einmal zum Arzt musste, er wollte noch einen Test machen, um ganz sicher zu sein.»

Musste sie sterben? «Ganz sicher, weswegen?»

«Und weil du das Auto hattest, musste ich den Zug

nehmen, und Guy hat mich netterweise zurückgebracht wie schon mal, und was tust du, stehst da und frisst ihn fast auf. Ich habe mich selten so geschämt.»

«Amanda? Was hat der Arzt gesagt?»

«Dass ich ein Kind kriege, natürlich.»

«Ein Kind!» Er suchte nach Worten. «Aber wir haben doch eben erst geheiratet!»

«Wir sind fast vier Monate verheiratet. Und unsere Flitterwochen waren sehr lang ...»

«Aber wir wollten doch nicht ...»

«Ich weiß, dass wir noch nicht wollten.» Das hörte sich ganz nach Tränen an. «Aber es ist nun mal passiert, und wenn du weiter in diesem Ton mit mir sprichst ...»

«Ein Kind», wiederholte er, und dieses Mal hörte er sich erstaunt an. «Du bekommst ein Kind! Ach, Schatz, du bist die wunderbarste Frau auf der ganzen Welt.»

«Und du bist nicht böse?»

«Böse? Ich bin ganz aus dem Häuschen!» Verwundert merkte er, dass es sogar stimmte. «Ich bin noch nie so aus dem Häuschen gewesen.»

«Ob unser Haus groß genug ist für drei?»

«Natürlich.»

«Ich möchte nämlich nicht umziehen. Unser kleines Haus ...»

«Wir ziehen auch nicht um. Wir bleiben für immer hier und kriegen eine Riesenfamilie und haben den ganzen Gartenweg entlang Kinderwagen stehen.»

Sie sagte: «Ich wollte dir nichts davon erzählen, weil

28

ich selber nicht ganz sicher war und noch ein Weilchen abwarten wollte.»

«Ist doch nicht mehr wichtig. Nichts ist mehr wichtig, nur dies ...»

Und es stimmte. An diesem Abend kochte Julian für Amanda, und sie saßen vor dem Kamin von einem Tablett, und sie legte die Füße auf dem Sofa hoch, weil das angeblich alle werdenden Mütter machten.

Und als es schließlich Zeit war, zu Bett zu gehen, schloss Julian überall ab, legte seiner Frau den Arm um die Schultern und geleitete sie zärtlich zur Treppe.

Seine kostbare Tasche mit den Golfschlägern lag immer noch da, wo er sie hatte fallen lassen, doch er schob sie mit dem Fuß beiseite und ließ sie liegen. Die konnte er immer noch wegräumen ...

Der Baum

An einem schwülen, glühend heißen Nachmittag im Juli schob Jill Armitage den Sportwagen mit ihrem Söhnchen Robbie durch das Tor eines Londoner Parks und machte sich auf den anderthalb Kilometer langen Heimweg.

Es war ein kleiner Park, nichts Besonderes. Das Gras war platt getreten, die Wege waren von Hunden verdreckt, die Blumenbeete mit Lobelien, knallroten Geranien und eigenartigen Pflanzen mit rotebetefarbenen Blättern bestückt, aber es gab wenigstens einen Spielplatz, ein paar schattige Bäume, mehrere Schaukeln und eine Wippe.

Sie hatte einen Korb mit Spielsachen und einem bescheidenen Picknick eingepackt, der nun an den Handgriffen des Sportwagens hing. Von ihrem Sohn war nichts zu sehen bis auf sein baumwollenes Sonnenhütchen und die roten Leinenschuhe. Er trug knappe Shorts, seine Arme und Schultern hatten die Farbe von Aprikosen. Hoffentlich hatte er keinen Sonnenbrand abbekommen. Er hatte den Daumen im Mund und summte vor sich hin, meh, meh, meh, wie er es immer tat, wenn er müde war.

Sie kamen zur Hauptstraße und warteten, bis sie hinüberkonnten. Der Verkehr strömte zweispurig an ihnen vorbei. Sonnenlicht blinkte auf Windschutzscheiben, die Fahrer waren in Hemdsärmeln, die Luft war schwer von Auspuffgasen und Benzindunst.

Die Ampel sprang um, Bremsen quietschten, der Verkehr kam zum Stehen. Jill schob den Kinderwagen über die Straße. Auf der anderen Seite war die Gemüsehandlung, und Jill dachte ans Abendessen. Sie ging hinein, um einen Kopf Salat und ein Pfund Tomaten zu kaufen. Der Mann, der sie bediente, war ein alter Freund – das Leben in diesem heruntergekommenen Londoner Viertel war ein bisschen wie das Leben in einem Dorf –, er nannte Robbie «mein Schätzchen» und schenkte ihm einen Pfirsich zum Abendbrot.

Jill dankte dem Gemüsehändler und zockelte weiter. Kurz darauf bog sie in ihre Straße ein, wo die georgianischen Häuser einst prachtvoll gewesen und die Bürgersteige breit und gepflastert waren. Seit sie geheiratet hatte und in diese Gegend gezogen war, hatte sie gelernt, sich mit dem Verfall ringsum abzufinden, den schmuddeligen Farben, den kaputten Geländern, den finsteren Souterrains mit den schmutzigen Vorhängen, den feuchten Steinstufen, auf denen Farne sprossen. Doch in den letzten zwei Jahren zeigten sich in der Straße vielversprechende Anzeichen von Verbesserung. Hier wechselte ein Haus den Besitzer, Gerüste wurden angebracht, große städtische Container standen am

Straßenrand und füllten sich mit Schutt aller Art. Dort erhielt eine Souterrainwohnung einen frischen weißen Anstrich, Geißblatt wurde in einen Topf gepflanzt und erreichte in kürzester Zeit das Geländer, umschlang es mit von Blüten überladenen Zweigen. Nach und nach wurden Fenster erneuert, Tür- und Fenstersturze repariert, Haustüren glänzend schwarz oder kornblumenblau gestrichen, Messinggriffe und Briefkästen wurden auf Hochglanz gebracht. Eine neue und kostspielige Flotte von Autos parkte am Bürgersteig, und eine vollkommen neue und kostspielige Flotte von Müttern brachte ihre Sprösslinge zur Straßenecke oder holte sie von Kinderfesten ab; die Kleinen trugen Luftballons, Pappnasen und Papierhüte.

Ian sagte, mit dem Viertel gehe es aufwärts, aber es war einfach so, dass die Leute es sich nicht mehr leisten konnten, Grundbesitz in Fulham oder Kensington zu erwerben, und nun ihr Glück weiter draußen versuchten.

Ian und Jill hatten ihr Haus gekauft, als sie vor drei Jahren heirateten, aber noch hing ihnen der Mühlstein der Hypothek am Hals, und seit Robbie geboren war und Jill zu arbeiten aufgehört hatte, waren ihre finanziellen Probleme noch prekärer geworden. Und das Schlimmste war, dass jetzt wieder ein Baby unterwegs war. Sie hatten sich ein zweites Kind gewünscht, aber vielleicht nicht gar so bald.

«Macht nichts», hatte Ian gesagt, als er über den

33

Schreck hinweg war. «Wir bringen alles in einem Aufwasch hinter uns, und denk nur, wie viel Spaß die Kinder zusammen haben werden, bloß zwei Jahre auseinander.»

«Aber wir können es uns nicht leisten.»

«Babys kriegen kostet nichts.»

«Nein, aber es kostet eine Menge, sie aufzuziehen. Und ihnen Schuhe zu kaufen. Weißt du, was ein Paar Sandalen für Robbie kostet?»

Ian sagte, er wisse es nicht und wolle es nicht wissen. Irgendwie würden sie es schon schaffen. Er war ein unverbesserlicher Optimist, und das Beste an seinem Optimismus war, dass er ansteckte. Ian hatte seiner Frau einen Kuss gegeben, war in die Spirituosenhandlung um die Ecke gegangen, um eine Flasche Wein zu kaufen. Den tranken sie an jenem Abend zum Essen, das aus Würstchen und Kartoffelbrei bestand.

«Wir haben wenigstens ein Dach überm Kopf», sagte er zu Jill, «auch wenn es zum größten Teil der Bausparkasse gehört.»

Ja, sie hatten ein Dach über dem Kopf, aber sogar ihre besten Freunde fanden, dass es ein eigenartiges Haus war. Denn die Straße machte am Ende einen scharfen Knick, und Nummer 23, wo Jill und Ian wohnten, war ein hohes und schmales Gebäude, keilförmig, um sich in die Biegung einzupassen. Ebendiese Eigenartigkeit war es, die sie von vornherein ebenso gereizt hatte wie der Preis; denn man hatte das Haus arg verfallen lassen, und es musste viel daran gemacht werden. Seine Eigenartigkeit bildete einen Teil seines Charmes, aber der Charme nützte nicht viel, als ihnen die Zeit, die Kraft und die Mittel ausgingen, um sich des Außenanstrichs anzunehmen oder einen Rauputz auf die schmale Frontseite aufzutragen.

Paradoxerweise glänzte nur das Souterrain. Hier wohnte Delphine, ihre Untermieterin. Delphines Miete trug zur Abzahlung der Hypothek bei. Sie war Malerin und hatte sich mit einigem Erfolg der kommerziellen Kunst verschrieben. Das Souterrain benutzte sie als ihre Londoner Zweitwohnung. Sie pendelte zwischen dieser und einem Cottage in Wiltshire hin und her, wo eine verfallene Scheune zu einem Atelier umgebaut worden war und ein überwucherter Garten zum schilfbewachsenen Ufer eines Flüsschens abfiel. Jill, Ian und Robbie wurden hin und wieder übers Wochenende in diese Idylle eingeladen, und diese Besuche waren jedes Mal die größte Wonne – eine bunt zusammengewürfelte Gästeschar, enorme Mahlzeiten, Unmengen Wein und endlose Diskussionen über esoterische Themen, die meistens über Jills Begriffsvermögen gingen. Diese Ausflüge waren eine nette Abwechslung, wie Ian gerne betonte, wenn sie in ihr eintöniges Londoner Viertel zurückkehrten.

Delphine, die in ihrem wallenden Kaftan ungeheuer dick aussah, saß vor ihrer Eingangstür und aalte sich in dem Streifen Sonnenlicht, das um diese Tageszeit in ihre Domäne drang. Jill hob Robbie aus dem Sportwa-

gen, und Robbie steckte den Kopf durch die Geländer-
stäbe und sah zu Delphine hinunter, die ihre Zeitung
weglegte und durch ihre runde schwarze Sonnenbrille
zu ihm hinaufschaute.

«Hallo, ihr zwei», sagte sie. «Wo seid ihr gewesen?»

«Im Park», erwiderte Jill.

«Bei dieser Hitze?»

«Man kann nirgends anders hingehen.»

«Ihr solltet euch den Garten herrichten.»

Das hatte Delphine in den letzten zwei Jahren in
Abständen immer wieder gesagt, bis Ian ihr eröffnete,
wenn sie es noch einmal sagte, würde er sie mit seinen eigenen Händen erwürgen. «Fällt den grässlichen
Baum.»

«Fang nicht wieder damit an», bat Jill. «Es ist alles so
kompliziert.»

«Ihr könntet wenigstens sehen, dass ihr die Katzen
loswerdet. Ich konnte heute Nacht vor lauter Geschrei
kaum schlafen.»

«Was können wir tun?»

«Allerhand. Nehmt ein Gewehr und erschießt sie.»

«Ian hat kein Gewehr. Und selbst wenn, die Polizei
würde denken, wir würden jemanden ermorden, wenn
wir anfangen, auf die Katzen zu ballern.»

«Was bist du doch für eine ergebene kleine Ehefrau.
Na schön, wenn ihr die Katzen nicht erschießen wollt, wie
wär's, wenn ihr dieses Wochenende ins Cottage kommt?
Ich kann euch in meinem Wagen mitnehmen.»

«Oh, Delphine.» Es war das Netteste, was ihr den ganzen Tag passiert war. «Ist das dein Ernst?»

«Natürlich.» Jill dachte an den schattigen Garten auf dem Land, den Duft von Holunderblüten und daran, wie sie Robbie mit den Füßen in dem seichten, über Kiesel plätschernden Wasser des Flüsschens planschen ließ.

«Ich kann mir nichts Himmlischeres vorstellen ... aber ich muss hören, was Ian sagt. Vielleicht geht er Kricket spielen.»

«Kommt nach dem Essen runter, dann besprechen wir es bei einem Glas Wein.»

Um sechs Uhr war Robbie gebadet, gefüttert mit dem saftigen Pfirsich – und in sein Bettchen schlafen gelegt. Jill duschte, zog das kühlste Kleidungsstück an, das sie besaß, einen baumwollenen Morgenrock, und ging in die Küche hinunter, um das Abendessen zu machen.

Küche und Esszimmer, nur durch die schmale Treppe getrennt, nahmen das gesamte Erdgeschoss des Hauses ein, waren aber dennoch nicht groß. Die Haustür führte direkt hier hinein, sodass kein Platz war, um Mäntel aufzuhängen oder einen Kinderwagen abzustellen. Das Fenster auf der Esszimmerseite ging auf die Straße hinaus, aber die Küche hatte eine große Glastür, die vermuten ließ, dass dort einmal ein Balkon gewesen war, vielleicht mit ein paar Stufen, die in den Garten hinunterführten. Balkon und Stufen waren längst zerfallen – vielleicht abgerissen –, verschwunden, und die Glastür öffnete sich ins Leere, tief unten war nur der Hof. Bevor Robbie geboren war, hatten sie die Tür bei warmer Witterung offen stehen lassen, doch nach seiner Geburt hatte Ian sie sicherheitshalber zugenagelt, und so war sie seither geblieben.

Der gescheuerte Kieferntisch stand vor dieser Tür. Jill setzte sich an den Tisch und schnitt Tomaten für den Salat in Scheiben, wobei sie geistesabwesend in den grässlichen Garten sah. Er war von hohen, zerbröckelnden Ziegelmauern umschlossen, und es war ein bisschen, als blicke man auf den Grund eines Brunnens hinab. Gleich beim Haus war der gepflasterte Hof, dann kamen ein Stück wucherndes Gras, danach Verwüstung, zertrampelte Erde, alte Papiertüten, die ständig hereingeweht wurden, und der Baum.

Jill war auf dem Land geboren und aufgewachsen und mochte es kaum glauben, dass ein Garten sie wahrhaftig abstoßen konnte, und zwar so sehr, dass sie, selbst wenn es einen Zugang gegeben hätte, ihre Wäsche nicht draußen aufhängen, geschweige denn ihr Kind dort spielen lassen würde.

Und was den Baum anging – den Baum hasste sie regelrecht. Es war ein Ahorn, aber Lichtjahre entfernt von den freundlichen Ahornbäumen ihrer Kindheit, die gut zum Klettern und im Sommer schattig waren und die im Herbst geflügelte Samenkapseln abwarfen. Dieser hier hätte niemals wachsen dürfen, hätte nie gepflanzt werden, nie eine solche Höhe, eine solche

Dichte, eine so düstere, bedrückende Größe erreichen dürfen. Er sperrte den Himmel aus, und seine Düsternis schreckte jegliches Leben ab, ausgenommen die Katzen, die schreiend auf den Mauern umherschlichen und auf der spärlichen Erde ihr Geschäft verrichteten. Wenn der Baum im Herbst seine Blätter verlor und Ian trotz Katzendreck tapfer hinausging, um das Laub zu verbrennen, entstand ein schwarzer, stinkender Qualm, als hätten die Blätter in den Sommermonaten alles, was in der Luft schmutzig, ekelhaft oder giftig war, in sich aufgenommen.

Ihre Ehe war glücklich, und die meiste Zeit hatte Jill nicht den Wunsch, dass sich irgendetwas ändern würde. Aber der Baum brachte ihre schlechtesten Seiten zum Vorschein, er flößte ihr den Wunsch ein, reich zu sein, sodass sie auf die Kosten pfeifen und ihn beseitigen lassen könnte.

Manchmal äußerte sie dies laut zu Ian. «Ich wünschte, ich hätte ein riesiges eigenes Einkommen. Oder einen sagenhaft reichen Verwandten. Dann könnte ich den Baum fällen lassen. Warum hat keiner von uns eine Märchenfee als Patin? Hast du nicht irgendwo eine versteckt?»

«Du weißt, ich habe nur Edwin Makepeace, und der taugt ungefähr so viel wie ein verregnetes Wochenende im November.»

Edwin Makepeace war ein regelrechter Familienwitz,

und was Ians Eltern bewogen hatte, ihn zum Paten ihres Sohnes zu machen, war ein Rätsel, das Ian nie zu lösen vermocht hatte. Er war ein entfernter Cousin und war von jeher als humorlos, anspruchsvoll und krankhaft geizig bekannt. In den vergangenen Jahren hatte er nichts getan, um irgendeine dieser Eigenschaften zu verbessern. Er war einige Jahre mit einer faden Dame namens Gladys verheiratet gewesen. Sie hatten keine Kinder, lebten einfach zusammen in einem düsteren Häuschen in Woking, aber Gladys hatte ihn wenigstens umsorgt, und als sie starb und er allein zurückblieb, nagte das Problem Edwin ständig am Gewissen der Verwandten.

Armer alter Knabe, sagten sie wohl und hofften, dass jemand anders ihn Weihnachten einlud. Dieser Jemand-anders war gewöhnlich Ians Mutter, eine wahrhaft gutherzige Dame, und es erforderte einige Anstrengung von ihr, die Familienfeier nicht von Edwins bedrückender Anwesenheit beeinträchtigen zu lassen. Dass er ihr nichts weiter schenkte als eine Schachtel Taschentücher, die sie nie benutzte, trug nicht gerade dazu bei, ihn bei den übrigen Anwesenden beliebt zu machen. Es war ja nicht so, betonten sie, dass Edwin kein Geld hatte. Er mochte sich nur nicht davon trennen.

«Vielleicht könnten wir den Baum selber fällen.»

«Liebling, er ist viel zu groß. Entweder würden wir uns selbst umbringen oder das ganze Haus zum Einsturz bringen.»

«Wir könnten einen Fachmann kommen lassen. Einen Baumchirurgen.»

«Und was fangen wir mit den Ästen und Zweigen an, wenn der Chirurg seine Arbeit getan hat?»

«Verbrennen?»

«Ein Feuer von der Größe? Die ganze Siedlung würde in Rauch aufgehen.»

«Wir könnten jemanden fragen. Einen Kostenvoranschlag einholen.»

«Liebling, ich kann dir einen Voranschlag nennen. Es würde ein Heidengeld kosten. Und wir haben kein Heidengeld.»

«Ein Garten. Er wäre wie ein zusätzliches Zimmer. Platz zum Spielen für Robbie. Und ich könnte das Baby im Kinderwagen nach draußen stellen.»

«Wie denn? An einem Seil aus dem Küchenfenster lassen?»

Sie hatten dieses Gespräch schon zu oft geführt in unterschiedlichen Graden von Bitterkeit.

Ich werde es nicht wieder erwähnen, gelobte sich Jill, aber ... Sie hielt mit dem Schneiden der Tomatenscheiben inne, und das Messer in der einen Hand, das Kinn auf die andere gestützt, sah sie durch die schmierige Glasscheibe, die man nicht putzen konnte, weil man nicht herankam.

Der Baum. Ihre Phantasie beseitigte ihn, aber was sollte man mit dem Rest anstellen? Was würde auf diesem jämmerlichen Stückchen Erde schon wachsen?

Wie könnten sie die Katzen fernhalten? Sie grübelte noch über diese unüberwindlichen Probleme nach, als sie ihren Mann die Haustür aufschließen hörte. Sie zuckte zusammen, als sei sie bei etwas Unschicklichem ertappt worden, und fuhr rasch fort, die Tomate in Scheiben zu schneiden. Die Tür schlug zu, und Jill lächelte ihren Mann über die Schulter an.

«Hallo, Liebling.»

Er warf seine Aktenmappe hin, gab Jill einen Kuss. Er sagte: «Gott, ist das heiß heute. Ich bin schmutzig und stinke. Ich geh mich duschen, und dann komme ich und bin charmant zu dir ...»

«Im Kühlschrank ist eine Dose Bier.»

«Welch ein Genuss.» Er küsste sie wieder. «Du dagegen riechst himmlisch. Nach Freesien.» Er lockerte seine Krawatte

«Das ist die Seife.»

Er steuerte auf die Treppe zu und zog sich im Gehen aus «Hoffentlich wirkt sie bei mir genauso.»

Fünf Minuten später war er wieder unten, barfuß, in einer verblichenen Jeans und einem kurzärmeligen Hemd, das er für die Hochzeitsreise gekauft hatte.

«Robbie schläft», sagte er. «Ich hab eben reingeguckt.» Er öffnete den Kühlschrank, nahm die Dose Bier heraus und schenkte zwei Gläser ein, trug sie an den Tisch und ließ sich neben Jill auf einen Stuhl fallen. «Was hast du heute gemacht?»

Sie erzählte ihm vom Park, dem geschenkten Pfirsich,

von Delphines Einladung fürs Wochenende. «Sie sagt, sie nimmt uns in ihrem Wagen mit.»

«Sie ist ein Engel. Eine herrliche Vorstellung.»

«Wir sollen nach dem Essen auf ein Glas Wein herunterkommen. Sie sagt, dann können wir es besprechen.»

«Eine kleine Party, wie?»

«Das ist eine nette Abwechslung.»

Sie sahen sich lächelnd an. Er legte eine Hand auf ihren flachen Bauch. Er sagte: «Für eine Schwangere siehst du sehr appetitlich aus.» Er aß ein Stück Tomate. «Ist das unser Abendbrot, oder tauen wir was aus dem Tiefkühlschrank auf?»

«Das ist unser Abendbrot. Mit Schinken und Kartoffelsalat.»

«Ich hab einen Mordshunger. Lass uns essen und dann bei Delphine aufkreuzen. Hast du gesagt, sie macht eine Flasche Wein auf?»

«Hat sie gesagt.»

Er gähnte. «Es dürfen auch gerne zwei werden.»

Der nächste Tag war ein Donnerstag. Es war heiß wie eh und je, aber jetzt war es nicht mehr so schlimm, weil man sich aufs Wochenende freuen konnte.

«Wir fahren nach Wiltshire», sagte Jill zu Robbie, während sie einen Schwung Kleidungsstücke in die Waschmaschine lud. «Du kannst im Fluss planschen und Blumen pflücken. Wiltshire, weißt du noch? Delphines Cottage? Weißt du noch, der Traktor auf dem Feld?»

Robbie sagte «Traktor». Er kannte erst wenige Wörter, und dies war eines davon. Er lächelte, als er es sagte.

«Ganz recht. Wir fahren aufs Land.» Sie fing an zu packen; zwar war es noch ein ganzer Tag bis zur Abfahrt, aber es ließ das Wochenende näher erscheinen. Sie bügelte ihr bestes Strandkleid, sie bügelte sogar Ians ältestes T-Shirt. «Wir wohnen in Delphines Cottage.» Verschwenderisch kaufte sie kaltes Huhn und ein Körbchen Erdbeeren zum Abendessen. In Delphines wildem Garten wuchsen Erdbeeren. Sie stellte sich vor, wie sie sie pflücken würde, die heiße Sonne auf dem Rücken, die roten Früchte duftend unter den schützenden Blättern.

Der Tag ging zur Neige. Sie badete Robbie, las ihm vor und brachte ihn in sein Bettchen. Als sie ihn allein ließ – die Augen fielen ihm schon zu –, hörte sie Ians Schlüssel im Schloss und lief hinunter, ihn zu begrüßen.

«Liebling.»

Er stellte seine Aktenmappe hin und schloss die Tür. Er machte ein finsteres Gesicht. Sie gab ihm rasch einen Kuss und fragte: «Was ist passiert?»

«Leider was Dummes. Wäre es sehr schlimm für dich, wenn wir nicht mit Delphine rausfahren würden?»

«Nicht rausfahren?» Vor Enttäuschung fühlte sie sich matt und leer, als würde sie ihres ganzen Glückes

48

beraubt. Ihre Bestürzung stand ihr ins Gesicht geschrieben. «Aber – o Ian, warum nicht?»

«Meine Mutter hat mich im Büro angerufen.» Er zog sein Sakko aus und warf es über das Treppengeländer. Er lockerte seine Krawatte. «Es ist wegen Edwin.»

«Edwin?» Jills Beine zitterten. Sie setzte sich auf die Treppe «Er ist doch nicht tot?»

«Nein, das nicht, aber anscheinend ist es ihm in letzter Zeit nicht besonders gutgegangen. Der Arzt hat ihm gesagt, er soll sich schonen. Aber jetzt ist sein bester Freund ‹von hinnen geschieden›, wie Edwin sich ausdrückt. Samstag ist die Beerdigung, und Edwin besteht darauf, dazu nach London zu kommen. Mutter hat versucht, es ihm auszureden, aber es ist ihr nicht gelungen. Er hat für die Nacht ein Zimmer in einem miesen, billigen Hotel gebucht, und Ma ist überzeugt, er kriegt einen Herzanfall und stirbt gleichfalls. Aber der springende Punkt ist, dass er sich in den Kopf gesetzt hat, zum Abendessen zu uns zu kommen. Ich habe ihr gesagt, das macht er nur, weil ihm ein kostenloses Essen lieber ist als eins, das er bezahlen muss, aber sie schwört, dass es nicht so ist. Er würde dauernd sagen, er sieht nie was von dir und mir, er hat unser Haus nie gesehen, er will Robbie kennenlernen ... und so weiter, du weißt schon.»

Wenn Ian sich aufregte, redete er immer zu viel. Nach einer Weile meinte Jill: «Müssen wir? Ich wäre so gerne aufs Land gefahren.»

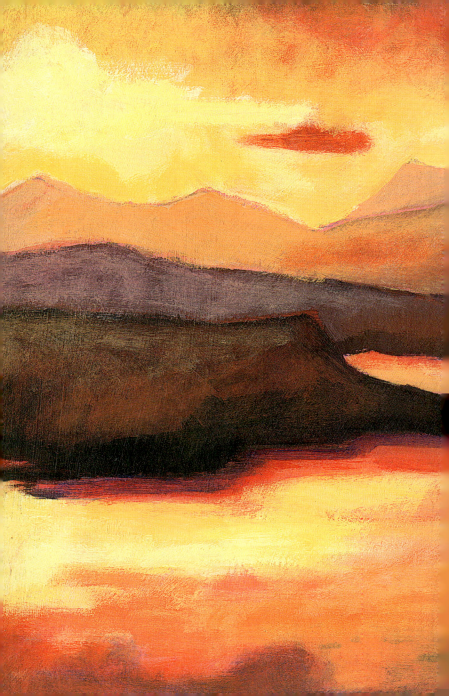

«Ich weiß. Aber wenn ich es Delphine erkläre, wird sie es verstehen und die Einladung später wiederholen.»

«Es ist bloß …» Sie war den Tränen nahe. «Es ist bloß, dass wir in letzter Zeit nie was Schönes oder Aufregendes erleben. Und wenn wir was vorhaben, wird wegen Edwin nichts daraus. Warum kann sich niemand anders um ihn kümmern?»

«Ich schätze, weil er nicht viele Freunde hat.»

Jill blickte zu ihm hoch und sah ihre eigene Enttäuschung und Unentschlossenheit in seinem Gesicht gespiegelt.

Sie fragte und wusste genau, wie die unvermeidliche Antwort ausfallen würde: «Willst du, dass er kommt?»

Ian zuckte bekümmert die Achseln. «Er ist mein Pate.»

Es wäre schon schlimm genug, wenn er ein lustiger alter Herr wäre, aber er ist trübsinnig.»

«Er ist alt. Und einsam.»

«Er ist langweilig.»

«Er ist traurig. Sein bester Freund ist gerade gestorben.»

«Hast du deiner Mutter gesagt, dass wir nach Wiltshire eingeladen sind?»

«Ja. Sie meint, wir müssen es bereden. Ich habe ihr gesagt, dass ich Edwin heute Abend anrufe.»

«Wir können ihm nicht sagen, dass er nicht kommen soll.»

«Ich dachte mir, dass du das sagen würdest.» Sie

sahen sich an, wussten, dass die Entscheidung längst gefallen war. Kein Wochenende auf dem Land. Kein Erdbeerpflücken. Kein Garten für Robbie. Nur Edwin.

Sie sagte: «Ich wünschte, es wäre nicht so schwer, gute Werke zu tun. Ich wünschte, sie würden sich einfach ergeben, ohne dass man etwas dazu tun muss.»

«Dann wären es keine guten Werke. Aber weißt du was? Ich liebe dich. Immer mehr, sofern das möglich ist.» Er küsste sie. «So ...» Er machte die Tür wieder auf. «Jetzt geh ich runter und sag's Delphine.»

«Es gibt kaltes Hühnchen zum Abendessen.»

«In diesem Fall seh ich mal nach, ob ich genug Kleingeld für eine Flasche Wein zusammenkriege. Wir können beide eine Aufmunterung gebrauchen.»

Als die schreckliche Enttäuschung erst überwunden war, beschloss Jill, der Philosophie ihrer Mutter zu folgen – wenn sich eine Sache lohnt, dann lohnt es sich auch, sie gut zu machen. Wenn schon, denn schon; war es auch nur der trübsinnige alte Edwin Makepeace, frisch von einer Beerdigung, so war er trotzdem ein Gast. Sie kochte ein Schmorgericht aus Hühnerfleisch mit Kräutern, schrubbte neue Kartoffeln, komponierte eine Soße für die Brokkoli. Zum Nachtisch gab es Obstsalat aus frischen Früchten und danach eine Ecke cremigen Briekäse.

Sie polierte den Ausziehtisch im Esszimmer, deckte ihn mit den besten Sets, arrangierte Blumen (die sie gestern Abend an der Marktbude erstanden hatte), schüttelte die Patchworkkissen im Wohnzimmer im ersten Stock auf.

Ian war Edwin abholen gegangen. Edwin hatte mit zitternder Stimme am Telefon gesagt, er werde ein Taxi nehmen, aber Ian wusste, dass ihn das zehn Pfund oder mehr kosten würde, und hatte darauf bestanden, selbst zu fahren. Jill badete Robbie und zog ihm seinen neuen Schlafanzug über, anschließend zog sie das frisch gebügelte Strandkleid an, das für Wiltshire gedacht war. (Sie schlug sich die Vorstellung aus dem Kopf, wie Delphine in ihrem Auto losfuhr, nur von ihrer Staffelei und ihrem Wochenendgepäck begleitet. Die Sonne würde weiterscheinen, die Hitzewelle würde anhalten. Sie würden wieder eingeladen werden, an einem anderen Wochenende.)

Alles war bereit. Jill und Robbie knieten auf dem Sofa, das in der Fensternische des Wohnzimmers stand, und hielten nach Edwin Ausschau. Als der Wagen vor dem Haus hielt, hob sie Robbie auf die Arme und ging hinunter, um aufzumachen. Edwin kam, gefolgt von Ian, soeben die Stufen von der Straße herauf. Jill hatte ihn seit Weihnachten nicht gesehen und fand ihn beträchtlich gealtert. Sie konnte sich nicht erinnern, dass er am Stock gehen musste. Er trug eine schwarze Krawatte und einen düsteren Anzug. Er hatte kein kleines Mitbringsel bei sich, keine Blumen, keine Flasche Wein. Er sah aus wie ein Bestattungsunternehmer.

«Edwin.»

«Schön, meine Liebe, da wären wir. Nett von euch, mich einzuladen.»

Er trat ins Haus, und sie gab ihm einen Kuss. Seine alte Haut fühlte sich rau und trocken an, und er roch leicht nach Desinfektionsmittel wie ein altmodischer Arzt. Er war ein sehr dünner Mensch, seine einst kühlen blauen Augen waren jetzt blässlich und feucht. Seine Wangen waren hochrot, doch ansonsten wirkte er blutleer, farblos. Sein steifer Kragen war viel zu weit, und sein Hals war sehnig wie bei einem Truthahn.

«Tut mir leid wegen deines Freundes.» Sie spürte, dass es wichtig war, dies gleich auszusprechen.

«Ach weißt du, wir sind alle mal dran. Siebzig Jahre, das ist die uns zugeteilte Zeitspanne, und Edgar war dreiundsiebzig. Ich bin einundsiebzig. Sag, wo soll ich meinen Stock hintun?»

Es gab keinen Platz dafür, deshalb nahm sie ihm den Stock ab und hängte ihn über das Treppengeländer.

Edwin sah sich um. Er war vermutlich noch nie in einem Haus ohne trennende Wände gewesen.

«Sieh einer an. Und das» – er beugte sich vor, sein Zinken von einer Nase zeigte direkt auf Robbies Gesicht – «ist also euer Sohn.»

Jill war gespannt, ob Robbie sie blamieren und vor Angst losheulen würde. Aber nein, er erwiderte schlicht Edwins Blick, ohne mit der Wimper zu zucken.

«Ich ... ich habe ihn aufbleiben lassen. Ich dachte, ihr

wolltet euch sicher gerne kennenlernen. Aber er ist ziemlich müde.» Jetzt kam Ian zur Tür herein und machte sie hinter sich zu. «Wollen wir nach oben gehen?»

Sie ging voran, Edwin folgte ihr, Stufe für Stufe, und sie hörte seinen schweren Atem. Im Wohnzimmer setzte sie Kleinen ab und bot Edwin einen Sessel an. «Möchtest du dich hierhersetzen?»

Er nahm vorsichtig Platz. Ian bot ihm einen Sherry an, und Jill ließ sie allein, um Robbie nach oben ins Bett zu bringen.

Kurz bevor er den Daumen in den Mund steckte, sagte er «Nase», und sie war voller Liebe für ihn, weil er sie zum Lachen bringen wollte.

«Ich weiß», flüsterte sie. «Er hat wirklich eine große Nase, nicht?»

Er lächelte, und die Augen fielen ihm zu. Sie klappte die Seite des Gitterbettchens hoch und ging hinunter. Edwin redete noch immer von seinem alten Freund. «Wir waren im Krieg zusammen beim Militär. Army Pay Corps. Nach dem Krieg ist er nach Insurance zurückgekehrt, aber wir sind immer in Verbindung geblieben. Einmal haben wir zusammen Urlaub gemacht, Gladys, Edgar und ich. Er hat nie geheiratet. Wir waren in Budleigh Salterton.» Er sah Ian über sein Sherryglas hinweg an. «Warst du schon mal in Budleigh Salterton?»

Ian sagte nein, er sei nie in Budleigh Salterton gewesen.

«Nette Ortschaft. Prima Golfplatz. Edgar hat sich

allerdings nie viel aus Golf gemacht. Er hat Tennis gespielt, als wir jünger waren, und später Bowls. Hast du schon mal Bowls gespielt, Ian?»

Ian sagte nein, er habe nie Bowls gespielt.

«Hab ich mir fast gedacht», sagte Edwin. «Du spielst Kricket, stimmt's?»

«Wenn ich dazu komme.»

«Du hast wohl viel zu tun.»

«Ja.»

«Spielst am Wochenende, nehm ich an.»

«Manchmal.»

«Ich hab das Testmatch im Fernsehen gesehen.» Er nippte vorsichtig an seinem Sherry, spitzte die Lippen. «Mit den Pakistani war nicht viel los.»

Jill stand auf und ging nach unten in die Küche. Als sie hinaufrief, das Essen sei fertig, redete Edwin immer noch über Kricket, er erinnerte sich an ein Wettspiel im Jahre 1956, das ihm besonders gut gefallen hatte. Das Geleier dieser langen Geschichte wurde durch Jills Ruf unterbrochen. Sogleich kamen die zwei Männer die Treppe herunter. Jill stand am Tisch und zündete die Kerzen an.

«In so einem Haus war ich noch nie», bemerkte Edwin, als er sich setzte und seine Serviette auseinanderfaltete. «Wie viel habt ihr dafür bezahlt?»

Nach einigem Zögern sagte Ian es ihm.

«Wann habt ihr's gekauft?»

«Als wir geheiratet haben. Vor drei Jahren.»

«Gar nicht übel.»

«Es war ziemlich verfallen. Es ist immer noch nichts Weltbewegendes, aber mit der Zeit kriegen wir es hin.»

Jill sah Edwins verstörenden starren Blick auf sich gerichtet. «Deine Schwiegermutter hat mir gesagt, du kriegst wieder ein Baby.»

«Oh, ja ... ja, das stimmt.»

«Soll doch nicht etwa ein Geheimnis bleiben, oder?»

«Nein. Nein, natürlich nicht.»

Mit Topfhandschuhen an den Händen schob sie ihm den Schmortopf hin. «Es ist Hühnchen.»

«Hühnchen ess ich immer gern. Während des Krieges in Indien hat's auch immer Hühnchen gegeben ...» Schon legte er wieder los. «Komisch, wie gut die Inder Hühnchen kochen konnten. Hatten wohl jede Menge Übung. Die Kühe durften sie ja nicht essen. Die sind heilig, wisst ihr ...»

Ian machte den Wein auf, und danach lief es etwas lockerer. Edwin wollte keinen Obstsalat, aß aber fast den ganzen Brie. Und er redete die ganze Zeit; er brauchte anscheinend keine Reaktionen außer hier und da einem Kopfnicken oder einem höflichen Lächeln. Er erzählte von Indien, von einem Freund, den er in Bombay kennengelernt, von einem Tennismatch, das er einst in Camberley bestritten hatte, von Gladys' Tante, die zu weben begonnen und auf der Bezirksausstellung einen Preis gewonnen hatte.

Der lange, heiße Abend zog sich hin. Die Sonne sank am dunstigen, trockenen Himmel und verlieh ihm rosa Flecken. Edwin beklagte sich jetzt über die Unfähigkeit seiner Putzfrau, anständige Spiegeleier zu braten, und unversehens entschuldigte sich Ian und begab sich in die Küche, um Kaffee zu kochen.

Edwin, in seinem Redefluss unterbrochen, sah ihm nach. «Ist das da eure Küche?», fragte er.

«Ja.»

«Die will ich mir ansehen.» Und bevor Jill ihn zurückhalten konnte, hatte er sich hochgehievt und heftete sich an Ians Fersen. Jill folgte ihm, aber er ließ sich nicht nach oben umleiten.

«Viel Platz habt ihr nicht, wie?»

«Es reicht», sagte Ian. Edwin ging zu der Glastür und spähte durch die schmierige Scheibe. «Was ist denn das?»

«Das ist ...» Jill trat neben ihn und blickte gequält auf das vertraute Grauen da unten. «Das ist der Garten. Bloß, wir benutzen ihn nicht, weil er so dreckig ist. Die Katzen machen dort ihr Geschäft. Und wir können auch gar nicht hinkommen. Wie du siehst.»

«Auch nicht übers Souterrain?»

«Das Souterrain ist vermietet. An eine Freundin. Delphine heißt sie.»

«Stört es sie nicht, in Tuchfühlung mit so einem Schuttplatz zu wohnen?»

«Sie ist nicht oft hier. Meistens ist sie auf dem Land.»

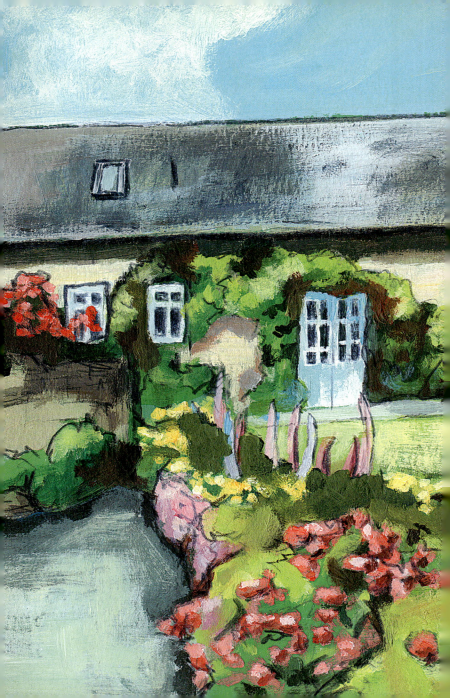

«Hmm.» Es folgte ein langes, verstörendes Schweigen. Edwin betrachtete den Baum, seine Augen schweiften von der schmuddeligen Wurzel bis zu den obersten Zweigen. Seine Nase war wie ein Zeigestock, und die Sehnen an seinem Hals standen vor wie Seile.

«Warum fällt ihr den Baum nicht?»

Jill warf Ian einen gequälten Blick zu. Hinter Edwins Rücken verdrehte er die Augen gen Himmel, aber er sagte ganz sachlich: «Das ist ziemlich schwierig. Er ist sehr mächtig, wie du siehst.»

«Schrecklich, so einen Baum im Garten zu haben.»

«Ja», pflichtete Jill ihm bei. «Es ist sehr unerfreulich.»

«Warum unternehmt ihr nichts dagegen?»

Ian sagte rasch: «Der Kaffee ist fertig. Gehen wir nach oben.»

Edwin drehte sich zu ihm um. «Ich hab gesagt, warum unternehmt ihr nichts dagegen?»

«Tu ich bestimmt. Eines Tages», sagte Ian.

«Sinnlos, auf ‹eines Tages› zu warten. Eines Tages bist du so alt wie ich, und der Baum steht immer noch da.»

«Kaffee?», fragte Ian.

«Und die Katzen sind ungesund. Ungesund für Kinder, die sich dort aufhalten.»

«Ich lasse Robbie nicht in den Garten», sagte Jill zu ihm «Ich könnte es gar nicht, selbst wenn ich wollte, weil es keinen Weg hinein gibt. Ich glaube, früher gab's hier mal einen Balkon und eine Treppe in den Garten, aber davon war schon nichts mehr da, als wir das Haus gekauft haben, und irgendwie ..., wir sind nie dazu gekommen, sie zu erneuern.» Sie wollte auf keinen Fall, dass es sich anhörte, als wären sie und Ian mittellos und bedauernswert. «Ich meine, es gab so viel anderes zu tun.»

Edwin sagte wieder «hmm». Die Hände in den Taschen stand er da und sah hinaus, und nach einer Weile fragte sich Jill, ob er im Begriff sei, in eine Art Trance zu verfallen. Dann aber wurde er ganz munter, nahm die Hände aus den Taschen und sagte unwirsch zu Ian: «Ich dachte, du wolltest uns Kaffee machen? Wie lange sollen wir noch warten?»

Er blieb noch eine Stunde, und seine sterbenslangweiligen Anekdoten strömten unaufhörlich. Schließlich schlug die Uhr einer benachbarten Kirche elf, und Edwin stellte seine Kaffeetasse hin, sah auf seine Uhr und verkündete, es sei Zeit, dass Ian ihn zum Hotel fahre. Sie gingen alle nach unten. Ian nahm seine Autoschlüssel und machte die Haustür auf. Jill reichte Edwin seinen Stock.

«War ein netter Abend. War schön, mal euer Haus zu sehen.»

Sie gab ihm wieder einen Kuss. Er ging hinaus, die Stufen hinunter zum Auto. Ian, bemüht, nicht zu eilfertig zu erscheinen, hielt den Wagenschlag auf. Der alte Herr stieg vorsichtig ein, verstaute seine Beine und seinen Stock. Ian machte die Tür zu, ging um das Auto herum und stieg auf der Fahrerseite ein. Immer noch lächelnd, winkte Jill ihnen nach. Erst als das Auto am Ende der Straße um die Ecke verschwand, fiel das Lächeln von ihr ab, und sie ging erschöpft ins Haus, um den Abwasch in Angriff zu nehmen.

Später, im Bett, sagte Jill: «So schlimm war er gar nicht.»

«Nein, das nicht, aber er nimmt alles so selbstverständlich, als wären wir ihm etwas schuldig. Er hätte dir wenigstens eine einzige rote Rose oder eine Tafel Schokolade mitbringen können.»

«Das ist nun mal nicht seine Art.»

«Und seine Geschichten! Ich glaube, er ist ein geborener Langweiler. Darauf versteht er sich glänzend.»

«Wenigstens mussten wir uns nicht überlegen, was wir sagen sollten.»

«Das Essen war köstlich, und du warst lieb zu ihm.» Er gähnte mächtig und wälzte sich auf die andere Seite; er wollte nur noch schlafen. «Jedenfalls haben wir's hinter uns. Das war das Ende vom Lied.»

Aber da hatte Ian sich geirrt. Es war nicht das Ende vom Lied, wenn auch zwei Wochen vergingen, bevor etwas geschah. Es war wieder Freitag, und Jill war wie gewöhnlich in der Küche und machte das Abendessen, als Ian aus dem Büro nach Hause kam.

«Hallo, Liebling.»

Er schloss die Tür, warf seine Aktenmappe hin, gab Jill einen Kuss. Er setzte sich auf einen Stuhl, und sie sahen sich über den Küchentisch hinweg an. Er sagte: «Es ist etwas ganz Merkwürdiges passiert.»

Jill war sehr gespannt. «Was schönes Merkwürdiges oder was schrecklich Merkwürdiges?»

Grinsend zog er einen Brief aus seiner Tasche und warf ihn ihr zu. «Lies mal.»

Verwundert nahm Jill das Schreiben und faltete es auseinander. Es war ein langer, maschinengeschriebener Brief. Von Edwin.

Mein lieber Ian!

Ich schreibe, um mich für den schönen Abend bei Euch und das ausgezeichnete Essen zu bedanken und Dir zu sagen, wie sehr ich es zu schätzen weiß, dass Du mich hin und zurück gefahren hast. Ich muss sagen, es geht mir gegen den Strich, die horrenden Taxipreise zu bezahlen. Es hat mich gefreut, Euer Kind und Euer Haus zu sehen. Ihr habt jedoch offensichtlich ein Problem mit Eurem Garten, und ich habe mir darüber ein paar Gedanken gemacht.

Zuallererst müsst Ihr den Baum loswerden. Ihr dürft ihm auf gar keinen Fall selber zu Leibe rücken. Es gibt eine Reihe Fachbetriebe in London, die auf solche Arbeiten spezialisiert sind, und ich habe mir die Freiheit genommen, drei zu beauftragen, bei Euch vorbeizukommen, wann es Euch passt, und Kosten-voranschläge zu machen. Ist der Baum erst weg, wer-det Ihr Euch besser überlegen können, was ihr mit Eurem Grundstück anstellen wollt, doch fürs Erste würde ich Folgendes vorschlagen.

Von hier ab las sich der Brief wie eine Bauanleitung. Die bestehenden Mauern reparieren, neu verfugen und weiß streichen. Auf den Mauern einen Gitterzaun gegen unerwünschte Blicke errichten. Das Erdreich reinigen und ebnen und mit Platten belegen – zur leichteren Reinigung in einer Ecke unauffällig eine Abflussrinne installieren. Vor dem Küchenfenster ein Holzpodest – vorzugsweise Teak – errichten, auf Stahlträger gestützt und mit einer Holztreppe als Zugang zu dem Garten darunter.

Ich glaube [fuhr Edwin fort], hiermit wären die bau-lichen Notwendigkeiten mehr oder weniger abge-deckt. Ihr möchtet vielleicht vor einer der Mauern ein erhöhtes Blumenbeet oder rings um den Stumpf des gefällten Baumes einen kleinen Steingarten anle-gen, aber das liegt ganz bei Euch.
Bleibt noch das Problem mit den Katzen. Auch hier-über habe ich ein paar Erkundigungen eingezogen und erfahren, dass es ein ausgezeichnetes Abwehrmit-tel gibt, das gefahrlos angewendet werden kann, wo Kinder sind. Ein, zwei Spritzer dürften hier Abhilfe

schaffen, und sind Erdreich und Gras erst mit Platten belegt, sehe ich keinen Anlass, weswegen die Katzen wiederkommen sollten, sei es aus natürlichen oder anderen Bedürfnissen.

Das alles wird sicher eine Menge Geld verschlingen. Es ist mir klar, dass es bei der Inflation und den steigenden Lebenshaltungskosten für ein junges Paar nicht immer leicht ist, über die Runden zu kommen. Und ich möchte Euch gerne helfen. Ich habe Euch zwar in meinem Testament bedacht, aber ich halte es für viel vernünftiger, Euch das Geld jetzt zu vermachen. Dann könnt Ihr Euch Euren Garten vornehmen, und ich werde hoffentlich das Vergnügen haben, ihn fix und fertig zu sehen, bevor ich meinem lieben Freund Edgar folge und von hinnen scheide.

Übrigens, Deine Mutter hat durchblicken lassen, dass Ihr auf ein vergnügliches Wochenende verzichtet habt, um mich am Abend von Edgars Beerdigung aufzuheitern. Du bist genauso liebenswert wie sie, und ich bin glücklicherweise in einer finanziellen Lage, die mir erlaubt, meine Schulden zu begleichen.

Mit den besten Wünschen

Dein Edwin

Edwin. Sie konnte seine krakelige Unterschrift kaum sehen, weil ihre Augen voller Tränen waren. Sie stellte sich vor, wie er in seinem düsteren Häuschen in Woking saß, in ihre Probleme vertieft, sich Lösungen überlegte, sich die Zeit nahm, geeignete Firmen herauszusuchen, vermutlich endlose Telefongespräche führte, kleine Berechnungen anstellte, kein winziges Detail vergaß, sich alle Mühe gab ...

«Na?», sagte Ian leise.

Die Tränen liefen ihr über die Wangen. Sie versuchte, sie mit einer Hand wegzuwischen.

«Das hätte ich nie gedacht. Ich hätte nie gedacht, dass er so etwas tun würde. O Ian, und wir waren so gemein.»

«Du nicht. Du weißt ja nicht mal, was gemein sein heißt.»

«Ich ... ich hatte keine Ahnung, dass er überhaupt Geld hat.»

«Ich glaube, das hat niemand von uns gewusst. Jedenfalls nicht so viel Geld.»

«Wie können wir ihm jemals danken?»

«Indem wir tun, was er sagt. Indem wir ganz genau tun, was er uns vorschlägt, und ihn dann zur Garteneinweihung einladen. Wir geben eine kleine Party.» Er grinste. «Das wird eine nette Abwechslung.»

Sie sah durch die schmierige Scheibe nach draußen. Eine Papiertüte aus einem benachbarten Mülleimer hatte den Weg in den Garten gefunden, und der grässlichste der Kater, der mit dem zerrissenen Ohr, saß auf der Mauer und beäugte Jill.

Sie erwiderte den kalten Blick seiner grünen Augen mit Gleichmut. Sie sagte: «Ich kann meine Wäsche draußen aufhängen. Ich besorge Blumentöpfe und pflanze Knollen für den Frühling, und im Sommer pflanze ich Efeugeranien. Und Robbie kann draußen spielen, und wir bauen einen Sandkasten. Und wenn der Balkon groß genug ist, kann ich das Baby im Wagen dort rausstellen. O Ian, wird es nicht wunderbar? Ich brauche nie mehr in den Park zu gehen, denk doch nur.»

«Weißt du, was ich denke?», sagte Ian. «Ich denke, es wäre eine gute Idee, Edwin anzurufen.»

Sie gingen zum Telefon, wählten Edwins Nummer. Sie standen dicht beisammen, die Arme umeinandergelegt, und warteten, dass der alte Herr an den Apparat ging.

Gilbert

Aufzuwachen. Ohne die Augen zu öffnen, Sonenlicht und einen Streifen Wärme quer über dem Bett wahrnehmend, war Bill Rawlins von einem herrlichen Gefühl von Zufriedenheit und Wohlbefinden durchdrungen. Erfreuliche Gedanken gingen ihm durch den Kopf. Dass Sonntag war und er nicht zur Arbeit musste. Dass es ein schöner Tag werden würde. Dass der warme, weiche Körper seiner Frau neben ihm lag, ihr Kopf in seine Armbeuge geschmiegt. Dass er höchstwahrscheinlich einer der glücklichsten Menschen auf Erden war.

Das Bett war groß und weich. Eine alte Tante von Bill hatte es ihnen zur Hochzeit geschenkt, als er Clodagh vor zwei Monaten geheiratet hatte. Es sei ihr Ehebett gewesen, hatte die Tante ihm mit einem gewissen Behagen erklärt, und um das Geschenk attraktiver zu machen, hatte sie es mit einer schönen neuen Matratze und sechs ererbten Garnituren Leintücher ausgestattet.

Das Bett war neben seinem Schreibtisch und seinen Kleidern der einzige Gegenstand im Haus, der Bill gehörte. Eine Witwe zu heiraten hatte gewisse Komplikationen mit sich gebracht, aber die Frage, wo sie wohnen sollten, gehörte nicht dazu; denn es konnte nicht die Rede davon sein, dass Clodagh und ihre zwei kleinen Mädchen in Bills Zwei-Zimmer-Junggesellenwohnung zogen, und es erschien ihnen sinnlos, die Mühen und Kosten, die der Kauf eines neuen Hauses mit sich brachte, auf sich zu nehmen, wenn das ihre einfach ideal war. Seine Wohnung war mitten in der Stadt gewesen, und er hatte zu Fuß zum Büro gehen können; dieses Haus aber lag ungefähr anderthalb Kilometer außerhalb auf dem Land und verfügte zudem über den Vorteil eines großen, üppig bepflanzten Gartens. Außerdem, hatte Clodagh erklärt, sei es das Zuhause der Kinder. Hier hatten sie ihre Geheimverstecke, die Schaukel in der Platane, das Spielzimmer im Dachgeschoss.

Bill musste nicht überredet werden. Es lag einfach auf der Hand.

«Du willst in Clodaghs Haus ziehen?», hatten seine Freunde ausgerufen und erstaunte Gesichter gemacht.

«Warum nicht?»

«Ist das nicht ein bisschen heikel? Schließlich hat sie dort mit ihrem ersten Mann gelebt.»

«Und zwar sehr glücklich», erklärte Bill. «Und ich hoffe, dass sie dort mit mir genauso glücklich wird.»

Clodaghs Ehemann, der Vater ihrer zwei kleinen Mädchen, war vor drei Jahren bei einem tragischen Verkehrsunfall ums Leben gekommen. Obwohl Bill seit einigen Jahren in der Gegend gearbeitet und gelebt hatte, begegnete er ihr erst zwei Jahre später, als er, um die Zahl vollzumachen, als Tischpartner zu einer Abendgesellschaft eingeladen war und neben eine große, schlanke junge Frau zu sitzen kam, deren dichte blonde Haare im Nacken elegant zu einem Knoten geschlungen waren.

Er fand ihr zartes Gesicht auf Anhieb schön und doch zugleich traurig. Ihre Augen waren ernst, ihre Rede stockend. Diese Traurigkeit rührte an sein raues, erfahrenes Herz. Ihr zarter Hals, durch die altmodische Frisur entblößt, schien ihm verletzlich wie der eines Kindes, und als er sie schließlich zum Lachen brachte und ihr Lächeln sich mit seinem traf, verliebte er sich Hals über Kopf wie ein junger Mann.

«Du willst sie *heiraten*?», fragten dieselben erstaunten Freunde. «Eine Witwe zu heiraten ist eine Sache. Eine fix und fertige Familie zu heiraten ist etwas ganz anderes.»

«Es hat Vorteile.»

«Schön, dass du so denkst, alter Knabe. Hattest du schon mal mit Kindern zu tun?»

«Nein», gab er zu, «aber es ist nie zu spät, um damit anzufangen.»

Clodagh war dreiunddreißig, Bill war siebenunddreißig. Ein eingefleischter Junggeselle und als solcher bekannt. Ein gutaussehender, fröhlicher Bursche, immer für eine Partie Golf zu haben, ein brauchbarer Spieler im Tennisclub, aber entschieden ein eingefleischter Junggeselle. Wie würde er damit zurechtkommen?

Er kam damit zurecht, indem er die zwei kleinen Mädchen wie Erwachsene behandelte. Sie hießen Emily und Anna. Emily war acht, Anna sechs. Obwohl er entschlossen war, sich nicht von ihnen einschüchtern zu lassen, machten ihn ihre starren Blicke nervös. Sie hatten beide lange blonde und verblüffend strahlende blaue Augen. Diese zwei Augenpaare beobachteten ihn unaufhörlich, bewegten sich mit ihm durchs Zimmer, ließen weder Zuneigung noch Abneigung erkennen.

Sie waren sehr höflich. Als er um ihre Mutter warb, machte er ihnen von Zeit zu Zeit kleine Geschenke. Dropsrollen, Puzzles oder Spiele. Anna, das weniger komplizierte Kind, freute sich über die Sachen, packte sie gleich aus und bewies ihr Entzücken durch ein Lächeln oder gelegentlich durch eine dankbare Umarmung. Aber Emily war aus anderem Holz geschnitzt. Sie bedankte sich höflich bei ihm, dann verschwand sie mit dem unausgepackten Päckchen, um sich im Stillen ihrer Beute zu widmen und vermutlich für sich allein zu entscheiden, ob sie sich freuen sollte oder nicht.

Einmal war es ihm gelungen, Annas HE-MAN zu reparieren – sie spielte nicht mit Puppen –, und von da an hatten sie ein recht gutes Verhältnis zueinander, aber jedwede Zuneigung, die Emily aufzuweisen hatte, wurde ausschließlich ihren Tieren gewidmet. Sie hatte drei. Einen abscheulichen Kater, der unermüdlich auf Jagd ging und gewissenlos alles Essbare stahl, in das er seine scharfen Krallen schlagen konnte, einen stinkenden alten Spaniel, der nie ins Freie gehen konnte, ohne verdreckt nach Hause zu kommen, und einen Goldfisch. Der Kater hieß Breeky, der Hund hieß Henry, und der Goldfisch hieß Gilbert. Breeky, Henry und Gilbert waren drei von den vielen guten Gründen, weswegen Bill in Clodaghs Haus gezogen war. Man konnte sich für diese drei anspruchsvollen Geschöpfe kein anderes Heim vorstellen.

Emily und Anna nahmen in rosa und weißen Kleidern mit rosa Satinschärpen an der Hochzeit teil. Alle sagten, sie sähen aus wie Engel, aber während der ganzen Trauungszeremonie spürte Bill zu seinem Unbehagen, wie ihre kühlen blauen Augen Löcher in seinen Nacken bohrten. Anschließend warfen sie brav ein paar Konfetti und aßen ein bisschen von der Hochzeitstorte, dann gingen sie mit zu Clodaghs Mutter, die sie bei sich aufnahm, während Clodagh und Bill in die Flitterwochen fuhren.

Sie verbrachten sie in Marbella, und die sonnigen Tage verstrichen, ein jeder etwas schöner als der vorige, bereichert von Gelächter, gemeinsamen Erlebnissen und sternenklaren Nächten, in denen sie sich bei geöffneten Fenstern in der samtenen Dunkelheit liebten, während am Strand unterhalb des Hotels das Meer wisperte.

Am Ende aber vermisste Clodagh ihre Kinder. Sie sagte Marbella traurig Lebewohl, doch Bill wusste, dass sie sich auf zu Hause freute. Als sie in die kurze Zufahrt zu ihrem Haus einbogen, warteten Emily und Anna dort auf sie, mit einer selbstgemachten Flagge, die sie hochhielten und die in unbeholfenen Großbuchstaben verkündete: WILLKOMMEN DAHEIM.

Willkommen daheim. Jetzt war es sein Heim. Jetzt war er nicht nur Ehemann, sondern auch Vater. Wenn er jetzt ins Büro fuhr, hatte er zwei kleine Mädchen auf dem Rücksitz seines Wagens, die er vor ihrer Schule absetzte. Jetzt spielte er am Wochenende nicht Golf, sondern mähte den Rasen, pflanzte Kopfsalat und reparierte allerlei Dinge. Ein Haus ohne Handwerker kann leicht verwahrlosen, und in diesem Haus war seit fast drei Jahren kein Mann gewesen. Die quietschenden Angeln, kaputten Toaster und bockenden Rasenmäher schienen kein Ende zu nehmen. Im Freien hingen Gatter durch, fielen Zäune um, mussten Schuppen mit Kresol eingelassen werden.

Zudem waren da Emilys Tiere, die sich an kritischen und dramatischen Situationen zu weiden schienen. Der Kater verschwand für drei Tage und wurde schon als tot aufgegeben, da erschien er wieder mit einem zerrissenen Ohr und einer hässlichen Wunde an der Seite. Kaum hatten sie ihn zum Tierarzt gefahren, als der alte Hund etwas Undefinierbares fraß und vier Tage krank war. Er lag in seinem Korb und sah Bill mit rotgeränderten, vorwurfsvollen Augen an, als sei er an allem schuld. Nur Gilbert, der Goldfisch, blieb eintönig gesund und schwamm in seinem Behälter ziellose Kreise, doch auch er benötigte ständige Pflege und Zuwendung, sein

Behälter musste sauber gemacht und in der Tierhandlung musste Spezialfutter gekauft werden.

Bill bewältigte dies alles, so gut er konnte, und blieb mit Bedacht geduldig und heiter. Wenn Wutausbrüche tobten und es Zank und Streit gab, die gewöhnlich mit «Das ist nicht fair!» und erderschütterndem Türenknallen endeten, hielt er sich heraus, überließ Clodagh die erforderliche Schlichtung, in großer Angst, hineingezogen zu werden und etwas Falsches zu sagen oder zu tun.

«Was war denn los?», fragte er dann, wenn Clodagh hinterher zu ihm kam, aufgebracht, belustigt, erschöpft, aber nie böse, und sie versuchte es zu erklären und ließ es dann bleiben, weil er nach ungefähr einer Minute den Arm um sie legte und sie küsste und es nahezu unmöglich ist, gleichzeitig zu erklären und geküsst zu werden. Es erstaunte ihn, dass ihnen bei all dem häuslichen Auf und Ab die Verzauberung, die sie in Marbella entdeckt hatten, nicht abhandenkam. Immer noch schien alles mit jedem Tag schöner zu werden, und er liebte seine Frau bis an die Grenzen seines Seins.

Und jetzt war Sonntagmorgen. Warme Sonne, warmes Bett, warme Frau. Er wandte den Kopf und grub sein Gesicht in ihren Hals, roch ihr seidiges, duftendes Haar. Dabei schlug in seinem Innern eine Alarmglocke. Er wurde beobachtet. Er drehte sich um und öffnete die Augen.

Emily und Anna saßen in ihren Nachthemden, die Haare vom Schlaf zerzaust, auf der Messingstange am Fußende des Bettes und beobachteten ihn. Acht und sechs. War das zu früh, um in der Schule mit Sexualkunde zu beginnen? Er hoffte es.

Er sagte: «Hallo, ihr zwei.»

Anna sagte: «Wir haben Hunger. Wir wollen frühstücken.»

«Wie spät ist es?»

Sie spreizte die Hände. «Weiß nicht.»

Er langte nach seiner Uhr. «Acht Uhr», sagte er zu ihnen.

«Wir sind seit einer Ewigkeit wach, und wir sind am Verhungern.»

«Eure Mutter schläft noch. Ich mache euch Frühstück.»

Sie rührten sich nicht. Vorsichtig zog er seinen Arm unter Clodaghs Schultern hervor und setzte sich auf. Ihre Gesichter zeigten Missbilligung über seine Nacktheit.

Er sagte: «Geht euch anziehen und die Zähne putzen, und wenn ihr fertig seid, hab ich das Frühstück auf dem Tisch.»

Sie gingen. Ihre nackten Füße patschten auf dem gebohnerten Fußboden. Als sie außer Sicht waren, stieg er aus dem Bett, zog seinen Bademantel an, schloss leise die Schlafzimmertür hinter sich und ging nach unten. In der Küche schnarchte Henry in seinem Korb. Bill weckte ihn mit dem Zeh, und der alte Hund gähnte, kratzte sich ausgiebig und bequemte sich schließlich aus seinem Lager. Bill öffnete die Hintertür zum Garten und ließ Henry ins Freie. Im selben Moment erschien Breeky aus dem Nichts, mehr denn je wie ein ramponierter alter Tiger aussehend, und schoss an Bills nackten Beinen vorbei in die Küche. Er hatte eine große tote Maus im Maul, die er mitten auf den Fußboden legte, dann setzte er sich vor sie hin, um sie zu vertilgen.

Für einen derartigen Kannibalismus war es noch zu früh am Tag. Unter Gefahr für Leib und Leben bemächtigte sich Bill der Maus und warf sie in den Mülleimer unter der Spüle. Breeky war wütend und kreischte dermaßen, dass Bill sich gezwungen sah, ihn mit einer Untertasse Milch zu beruhigen. Breeky schlabberte sie, so schlampig er konnte, er verspritzte Milch über das ganze Linoleum, und als die Untertasse leer war, sprang er auf die Bank vor dem Fenster, verengte die Augen zu gelben Schlitzen und begann sich zu putzen.

Nachdem Bill die Milch aufgewischt hatte, setzte er Wasser auf, stellte Bratpfanne, Eier und Speck zurecht. Er steckte das Brot in den Toaster und deckte den gescheuerten Kiefernholztisch. Als er damit fertig war, waren die zwei kleinen Mädchen noch nicht erschienen, deshalb ging er nach oben, um sich anzuziehen. Als er sich ein altes Baumwollhemd überzog, hörte er sie, mit hellen Stimmchen plappernd, in die Küche hinuntergehen. Sie klangen ganz fröhlich, doch gleich darauf

drang ein so verzweifeltes Heulen zu ihm hinauf, dass ihm eisig ums Herz wurde.

Das Hemd noch nicht zugeknöpft, schoss er zum Treppenpodest. «Was ist los?»

Neues Geheul. Sich alle möglichen Schrecknisse ausmalend, raste er in die Küche hinunter. Dort standen Emily und Anna mit dem Rücken zu ihm und starrten in das Goldfischglas. Annas Augen schwammen in Tränen, doch Emily schien zu erschüttert, um zu weinen.

«Was ist passiert?»

«*Gilbert!*»

Er durchquerte die Küche und spähte über ihre Köpfe in den Behälter. Auf dem Grund lag der Goldfisch auf der Seite, ein lebloses Auge stierte nach oben.

«Er ist tot», sagte Emily.

«Woher weißt du das?»

«Weil er's ist.»

Er sah allerdings tot aus. «Vielleicht macht er ein Schläfchen?», vermutete Bill ohne große Hoffnung.

«Nein. Er ist tot. Er ist *tot*.»

Damit brachen beide in Tränen aus. Einen Arm um jedes Kind gelegt, suchte Bill sie zu trösten. Anna schmiegte ihr Gesicht an seinen Bauch und schlang ihre Arme um seine Taille, Emily aber stand starr, hemmungslos schluchzend, die dünnen Ärmchen vor der mageren Brust gekreuzt, als versuchte sie, sich zusammenzuhalten.

Es war furchtbar. Sein erster Impuls war, sich loszumachen, zum Fuß der Treppe zu gehen und um Hilfe zu rufen. Clodagh würde wissen, was zu tun war ...

Und dann dachte er, nein. Hier bot sich ihm eine Chance zu zeigen, was in ihm steckte. Hier bot sich ihm die Chance, die Barrieren niederzureißen, allein mit der Situation fertigzuwerden und den Respekt der Mädchen zu gewinnen.

Schließlich beruhigte er sie. Er gab ihnen ein sauberes Geschirrtuch als Taschentuch, führte sie zu der Bank vor dem Fenster und setzte sie rechts und links neben sich.

«So», sagte er, «jetzt hört mal zu.»

«Er ist tot. Gilbert ist tot.»

«Ja, ich weiß, dass er tot ist. Aber wenn Menschen oder Tiere, die wir gern haben, sterben, dann geben wir ihnen ein schönes Begräbnis. Wie wär's, wenn ihr zwei in den Garten geht und ein friedliches Fleckchen sucht, wo ihr ein Loch graben könnt. Und ich seh mal nach, ob ich eine alte Zigarrenkiste als Sarg für Gilbert auftreiben kann. Und ihr könnt Kränze machen, um sie auf sein Grab zu legen, und vielleicht ein kleines Kreuz.»

Die zwei blauen Augenpaare, wachsam wie immer, zeigten allmählich Interesse. Noch nässten Tränen die Wangen der Mädchen, aber hochdramatische Ereignisse besaßen eine zu große Anziehungskraft, um ihnen zu widerstehen.

«Als Mrs. Dorkins im Dorf gestorben ist, hatte ihre

Tochter einen schwarzen Schleier am Hut», erinnerte sich Emily.

«Vielleicht hat deine Mutter irgendwo einen schwarzen Schleier für deinen Hut.»

«In der Truhe mit den Verkleidungssachen ist einer.»

«Na siehst du. Den kannst du anziehen!»

«Und was soll ich anziehen?», wollte Anna wissen.

«Mami findet bestimmt was für dich.»

«Ich will das Kreuz machen.»

«Nein, ich.»

«Aber ...» Er unterbrach sie rasch. «Als Erstes müsst ihr einen guten Platz bestimmen. Wollt ihr nicht nach draußen laufen und ein Plätzchen suchen, und in der Zwischenzeit mach ich euch Frühstück. Und nach dem Frühstück ...»

Aber sie hörten nicht mehr zu. Sie wollten auf und davon, konnten es nicht mehr abwarten. An der Hintertür blieb Emily stehen. «Wir brauchen eine Schaufel», sagte sie eifrig.

«Im Werkzeugschuppen findet ihr eine Kelle.»

Sie flitzten durch den Garten, überbordend vor Eifer, aller Kummer war vergessen über der Aufregung, dass es ein richtiges Erwachsenenbegräbnis geben würde, mit schwarzen Schleiern an ihren Hüten. Er sah ihnen mit gemischten Gefühlen nach. Er war nach der kleinen Szene erschöpft und heißhungrig. Gequält vor sich hin grinsend, ging er an den Herd und briet den Speck.

Während er damit beschäftigt war, hörte er Schritte auf der Treppe, und im nächsten Augenblick kam seine Frau zur Tür herein. Sie hatte ihr Nachthemd und einen losen baumwollenen Morgenrock an. Die Haare hingen ihr auf den Schultern, sie war barfuß, ihre Augen waren noch vom Schlaf getrübt.

«Was war denn los?», fragte sie unter Gähnen.

«Hallo, mein Liebling. Haben wir dich geweckt?»

«Hat da jemand geweint?»

«Ja. Emily und Anna. Gilbert ist tot.»

«Gilbert? O nein. Das kann ich nicht glauben.»

Er gab ihr einen Kuss. «Es ist leider wahr.»

«Arme Emily.» Sie machte sich aus seiner Umarmung frei. «Ist er wirklich tot?»

«Sieh selbst.»

Clodagh spähte in den Fischbehälter. «Aber *warum*?»

«Ich weiß es nicht. Ich verstehe nicht viel von Goldfischen. Vielleicht hat er was gefressen, das er nicht vertragen hat.»

«Aber er kann doch nicht einfach so sterben.»

«Du verstehst offenbar mehr von Goldfischen als ich.»

«Als ich so alt war wie Anna, hatte ich selbst Goldfische. Sie hießen Sambo und Goldy.»

«Originelle Namen.»

Schweigend betrachteten sie den leblosen Gilbert. Dann meinte sie nachdenklich: «Ich weiß noch, dass

Goldy auch mal so aussah. Mein Vater gab ihm einen Schluck Whisky, und schon fing er wieder an zu schwimmen. Übrigens, tote Fische treiben oben auf dem Wasser.»

Bill überhörte die letzte Bemerkung. «Einen Schluck Whisky?»

«Hast du welchen?»

«Ja. Ich hab eine Flasche, die ich für meine besten Freunde aufbewahre. Ich nehme an, Gilbert zählt dazu, und wenn du willst, kannst du eine Wiederbelebung versuchen, aber es scheint mir eine ziemliche Verschwendung, das Zeug über einen toten Fisch zu schütten. Das hieße Perlen vor die Säue werfen.»

Clodagh erwiderte nichts darauf. Sie krempelte einen Ärmel hoch, steckte die Hand in den Behälter und berührte mit einem Finger sachte Gilberts Schwanz. Nichts geschah. Es war hoffnungslos. Bill wandte sich wieder der Pfanne mit brutzelndem Speck zu. Vielleicht hatte er sich des Whiskys wegen ein bisschen kleinlich angestellt. Er sagte: «Wenn du willst ...»

«Er hat mit dem Schwanz gewackelt!»

«Ist das wahr?»

«Ihm fehlt nichts. Er schwimmt ... o sieh doch, Liebling.

Und wirklich. Gilbert hatte sich wieder in die richtige Lage gebracht, seine kleinen goldenen Flossen geschüttelt und drehte kerngesund seine Runden.

«Clodagh, du wirkst Wunder. Sieh ihn dir an.» Im Vorbeischwimmen traf Gilberts Fischauge Bills Blick. Bill war einen Moment verärgert. «Blöder Fisch, musstest du mir so einen Schrecken einjagen», sagte er zu ihm, und dann grinste er vor ehrlicher Erleichterung. «Emily wird überglücklich sein.»

«Wo ist sie?»

Das Begräbnis fiel ihm ein. Er sagte: «Sie ist mit Anna im Garten.» Aus irgendeinem Grund erzählte er Clodagh nichts von ihrem Vorhaben.

Ihre Mutter lächelte. «Nachdem das kleine Problem gelöst ist, geh ich nach oben in die Badewanne. Ich überlasse es dir, ihnen die glückliche Nachricht mitzuteilen», und sie warf ihm eine Kusshand zu und ging die Treppe hinauf.

Ein paar Minuten später, als der Speck knusprig war und der Kaffee durchlief, kamen die zwei kleinen Mädchen in heller Aufregung zur Hintertür hereingewirbelt.

«Wir haben einen prima Platz gefunden, Bill, unter dem Rosenstrauch in Mamis Rabatte, und wir haben ein riesengroßes Loch gegraben ... »

«Und ich habe eine Gänseblümchenkette gemacht ...»

«Und ich hab aus zwei Stöcken ein Kreuz gemacht, aber ich brauche eine Schnur oder einen Nagel oder so was, damit sie zusammenhalten ... »

«Und wir singen ein Kirchenlied.»

«Ja. Wir singen ‹Alle Herrlichkeit auf Erden›.»

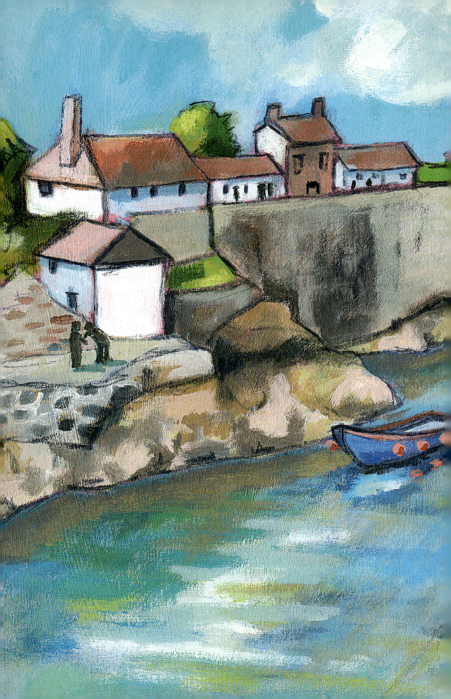

«Und wir dachten ...»

«*Ich* will's ihm sagen ...»

«Wir dachten ...»

«Jetzt hört mal zu.» Er musste seine Stimme heben, um sich über den Lärm hinweg verständlich zu machen. Sie verstummten. «Hört mal einen Moment zu. Und seht her.» Er führte sie zum Fischbehälter. «Schaut.»

Sie schauten. Sie sahen Gilbert wie immer ziellos im Kreis schwimmen, sein feiner, durchscheinender Schwanz schlug hin und her, seine runden Augen blickten nicht lebendiger als vorhin, da sie ihn für tot gehalten hatten.

Einen Moment herrschte vollkommene Stille.

«Seht ihr? Er war gar nicht tot. Er hat bloß gepennt. Mami hat ihn ein bisschen gekitzelt, und das hat ihm Tempo gemacht.» Stille. «Ist das nicht großartig?» Selbst in seinen eigenen Ohren klang es krampfhaft munter.

Keines der kleinen Mädchen sagte ein Wort. Bill wartete. Endlich sprach Emily.

Sie sagte: «Wir wollen ihn totmachen.»

Er war hin und her gerissen zwischen Entsetzen und Heiterkeit, und eine Sekunde lang stand es auf Messers Schneide, ob er das Kind schlagen oder in Lachen ausbrechen würde. Mit übermenschlicher Anstrengung tat er keines von beidem, sondern sagte nach einer langen, gewichtigen Pause mit ungeheurer Ruhe: «Oh, ich glaube nicht, dass wir das wollen.»

«Warum nicht?»

«Weil das Leben uns von Gott geschenkt wird. Es ist heilig.»

Während er dies sagte, wurde ihm leicht unbehaglich zumute. Obwohl er und Clodagh kirchlich geheiratet hatten, hatte er jahrelang nicht auf diese alltägliche Weise an Gott gedacht, und nun bekam er Gewissensbisse, als würde er den Namen eines alten Freundes missbrauchen. «Es ist unrecht, etwas zu töten, auch wenn es nur ein Goldfisch ist. Außerdem hast du Gilbert doch lieb. Er gehört dir. Du kannst nicht töten, was du liebhast.»

Emily schob die Unterlippe vor. «Ich will eine Beerdigung. Du hast es versprochen.»

«Aber wir können Gilbert nicht beerdigen. Wir nehmen etwas anderes.»

«Was? Wen?»

Anna kannte ihre Schwester gut. «Aber nicht meinen HE-MAN», erklärte sie bestimmt.

«Nein, natürlich nicht.» Er überlegte und hatte einen Geistesblitz. «Eine Maus. Eine arme tote Maus. Schaut …» Mit dem Zeh auf dem Fußschalter hob er den Deckel des Mülleimers, und wie ein Zauberer brachte er mit schwungvoller Gebärde Breekys Jagdtrophäe zum Vorschein, indem er den kleinen steifen Körper am Schwanz hielt. «Breeky hat sie heute Morgen gebracht, und ich hab sie ihm weggenommen. Ihr wollt doch sicher nicht, dass ein armes Mäuschen im Mülleimer endet? Sie hat bestimmt eine kleine Feier verdient, oder?»

Sie begafften das Opfer. Nach einer Weile meinte

Emily: «Können wir sie in die Zigarrenkiste tun, wie du gesagt hast?»

«Natürlich.»

«Und Kirchenlieder singen und alles?»

«Natürlich. ‹Alle Geschöpfe, groß und klein›. Viel kleiner als diese Maus kann kaum etwas sein.» Er nahm ein Papiertuch, legte es auf den Geschirrschrank und bettete die Mauseleiche sorgsam darauf. Dann wusch er sich die Hände, und während er sie abtrocknete, sah er die zwei kleinen Mädchen an. «Was sagt ihr dazu?»

«Können wir es gleich machen?»

«Lasst uns zuerst frühstücken. Ich bin am Verhungern.»

Anna ging sogleich zum Tisch, rückte sich einen Stuhl zurecht und setzte sich, aber Emily nahm Gilbert noch einmal ganz genau in Augenschein. Sie drückte die Nase an die Glaswand des Behälters, ihre Finger malten ein Muster, indem sie Gilberts Bahnen folgten. Bill wartete geduldig. Kurz darauf drehte sie sich zu ihm um. Sie sahen sich lange an.

Sie sagte: «Ich bin froh, dass er nicht tot ist.»

«Ich auch.» Er lächelte, und sie lächelte zurück, und auf einmal sah sie ihrer Mutter so ähnlich, dass er ohne zu überlegen die Arme ausbreitete, und sie kam zu ihm, und sie nahmen sich in die Arme, ohne Worte. Sie brauchten keine Worte. Er küsste sie auf den Kopf, und sie versuchte sich nicht zu entwinden oder sich aus dieser ersten zaghaften Umarmung zu lösen.

«Weißt du was, Emily», sagte er, «du bist ein liebes Mädchen.»

«Du bist auch lieb», sagte sie, und sein Herz war von Dankbarkeit erfüllt, weil er durch Gottes Gnade nichts Falsches getan oder gesagt hatte. Er hatte es richtig gemacht. Es war ein Anfang. Nicht viel, aber ein Anfang.

Emily weitete es aus. «Ganz, ganz lieb.»

Ganz, ganz lieb. In diesem Fall war es vielleicht mehr als ein Anfang, und er war schon halbwegs am Ziel. Voll Genugtuung umarmte er sie ein letztes Mal, dann ließ er sie los, und in froher Erwartung des Mäusebegräbnisses setzten sie sich endlich hin, um zu frühstücken.

**Kathleen Keating
Der kleine Knuddeltherapeut**
Mit Zeichnungen von Mimi Noland
Knuddeln tut gut! Es baut Spannungen ab, hilft gegen Einsamkeit, zerstreut Ängste, hält jung. Was man übers Knuddeln und Geknuddelt-werden wissen muss, zeigen Kathleen Keating und die Knuddelbären.
rororo 24250

**Schönste Geschenke von rororo –
jeden Monat neu**

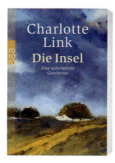

**Charlotte Link
Die Insel**
Eine mörderische Geschichte
Er hatte der Glitzerwelt nie getraut. Sylt, die Insel der Schönen und Reichen, war für einen Mann mit bescheidenen Ansprüchen nicht der rechte Platz. Doch Clara zuliebe verbringt er hier Jahr für Jahr seine Ferien. Aber nun ist Clara verschwunden ... Illustrationen von Horst Meyer.
rororo 24297

Rosalie und Trüffel
*Eine Geschichte von der Liebe
von Katja Reider
Mit Bildern von Jutta Bücker*
Ein Blick – und schon ist es um sie geschehen: Rosalie und Trüffel, die sich zufällig unter dem Apfelbaum treffen, sind verliebt! Hier ist ihre Liebesgeschichte, zu lesen aus Rosalies und aus Trüffels Sicht.
rororo 24238

Weitere Informationen in der Rowohlt Revue *oder unter* www.rororo.de